KB000186

나는
어떻게
글을
쓰게
되었나

옮긴이 **안현주**

이화여자대학교에서 국문학과 영문학을 전공했다. 졸업 후 기업에서 마케팅 관련 일을 하다가, 현재 전문번역가로 활동하고 있다.

Korean translation copyright © 2014 by Booksphere Publishing House

이 도서의 국립중앙도서관 출판시도서목록(CIP)은 서지정보유통지원시스템 홈페이지(http://seoji.nl.go.kr)와 국가자료공동목록시스템(http://www.nl.go.kr/kolisnet)에서 이용하실 수 있습니다.(CIP제어번호: CIP2014008388)

나는 어떻게 글을 쓰게 되었나

박람강기
프로젝트
0 0 3

레이먼드 챈들러 지음
안현주 엮고 옮김

Raymond
Chandler
Chandler Style

북스피어

차례

레이먼드 챈들러를 기리며 **7**

일러두기

이 책은 챈들러가 남긴 편지 가운데 일부를 옮긴이가 선별하여 엮었습니다.

각주는 모두 옮긴이 주입니다. 편지에 언급되지 않은 사항에 대해 해설이 필요한 경우, 편지 말미에 ◆표시와 함께 따로 해설을 달았습니다.

mystery가 수수께끼, 사건의 의미로 쓰였을 때는 '미스터리'로, 문학 장르의 의미로 쓰였을 때는 '추리소설'로 번역하였습니다. 또한 detective story는 탐정소설, crime story는 범죄소설로 번역하였습니다.

본문에 언급된 소설·영화·공연 등은 국내에 소개된 이름으로 표기하고 필요한 경우 원제를 병기하였습니다. 잡지와 신문은 〈 〉, 장편 소설과 단행본은 『 』, 단편 소설과 에세이는 「 」, 연극과 영화는 〈 〉로 표시하였습니다.

레이먼드 챈들러를
기리며

지금 이 책을 집어든 독자 중에는 "앗, 챈들러다!"라는 분도 있겠고, "챈들러? 어디서 들어 본 것 같은데"라는 분도, "챈들러가 누구지?"라는 분도 있을 것이다. 전자라면, 감탄사와 함께 이 장후을 뛰어넘어 바로 챈들러의 육성을 들으러 가서도 좋다. 후자의 두 경우라면, 챈들러가 누구인지 잠시 읽어 주시기를 부탁드린다. 누구에게나 시작은 있는 법이고 레이먼드 챈들러라는 사람을 처음 알기에 이 책보다 더 좋은 길잡이는 없을 테니까.

　간략히 말하자면, 레이먼드 챈들러는 1940~1950년대에 활동했던 미국의 하드보일드 탐정소설가다. 그는 자신이 거주했던 로스앤젤레스를 바탕으로 필립 말로라는 탐정을 내세워, 일견 냉철하지만 기실 감상적인 시선으로, 부패와 탐욕이 들끓던 시대에 욕망과 절망이 공존했던 사람들을 독특한 문체로 생생하게 그려냈다. "그렇다 한들 내가 왜 그 옛날 사람을 알아야 하는 데?"라는 질문에는 보다 유명한 사람들의 말을 빌리기로 하자. 이를테면, 무라카미 하루키는 일찍이 "챈들러는 나의 영웅"이라 말했으며, 최근까지도 "자신이 지향하는 이상적인 소설은 도스토옙스키와 챈들러를 한 권에 담는 것"이라고 밝혔다. 스티븐 킹은 자신의 저서에서 챈들러를 읽으며 문체를 공부했다고 언급했다. 그 외 폴 오스터, 마이클 코널리, 하라 료 등 수많은 작가들과 마틴 스콜세지, 코언 형제 등 유명 감독들이 챈들러에게 영향을 받았다고 공언한 바 있다. 국내에서도 다르지 않아서, 정유정 작가는 문체나 문장에서 챈들러를 스승으로 삼았다고 했고, 정이현 작가는 "가장 내 타입인 탐정은 필립 말로"라고 했으며, 류승완 감독은 평소 챈들러의 소설을 즐겨 읽는다고 말했다. 챈들러는 자신이 쓴 글이 십 년, 십오 년 뒤에도 여전히 누군가를 만족시킬 것이라 기대하지는 않는다고 했지만, 그럼에도 그의 이름과 글은 언제나 현재형으로 일컬어지고 있다.

하지만 이 책에서 보여 주고자 하는 것은 챈들러가 이루어 낸 성취도, 거장으로서의 면모도 아니다. 이 책은 레이먼드 챈들러가 자유롭게 쓴 편지를 발췌·편집한 서간집이다. 이야기를 끌어가야 한다는 압박에서 벗어나 어깨에 힘을 빼고 서술한 편지들에는 인간 챈들러의 속살이 그대로 드러난다. 문장은 더욱 유연하고, 재치는 더욱 빛나며, 생각은 더욱 거침없다. 그는 쉴 새 없이 독설을 늘어놓는다. 애거서 크리스티, 헤밍웨이, 히치콕도 그의 독설을 피하지는 못했다. 챈들러의 독설에 나도 모르게 웃음이 나오지 않는다면, 유감스러울 따름이다. 한편 작가로서의 가치관을 암시하는 편지들에서는 더없이 진지한 작가적 자세가 느껴진다. 챈들러가 추구하는 정의와 이상은 그의 말투보다 훨씬 묵직한 것이다. 아내에 대한 사랑을 담은 편지들은 눈물이 날 만큼 감동적이기도 하다. 해서, 이야기라는 방패를 집어던진 있는 그대로의 챈들러는 신랄하지만 정의롭고, 까다롭지만 합리적이며, 지적이지만 낭만적인 사람이고, 그런 챈들러는, 자신이 창조한 탐정 필립 말로보다 더 매력적이라 단언하겠다. 설사 챈들러의 이름을 처음 들어 본 사람일지라도 그 매력을 느끼기에 아무 문제가 없으리라.

챈들러 본인도 언젠가 자신의 편지들이 읽히리라 예상했던 것 같다. 그는 자신의 작품을 다루는 영국 출판사 대표에게 이런 편지를 썼다.

"언젠가 당신이 내 편지들에 출판할 가치가 있을지 모른다고 했던 일이 어렴풋이 떠오르는군요. 새삼 얘기를 꺼내는 이유는,

내 기억이 틀렸다면 편지들을 다 없애야겠다 싶어서죠. 당신 친구 하나가 나를 '지독한 자기 중심주의자'라고 부른 적이 있습니다. 오랫동안 나는 스스로 제법 겸손한 남자라고 생각했지만, 그 친구가 옳다는 생각이 들기 시작했지요. 작가들이란 모두 자기 중심적이기 마련입니다. 마음과 영혼을 소진하며 글을 쓰다 보면 결국 자기 안으로 파고들게 되니까. 최근에는 더 심해진 것 같아요. 칭찬을 너무 많이 듣는 데다, 너무 외로운 삶을 살고 있고, 이제 다른 어떤 희망도 없기 때문입니다.

편지에 대해 말하자면, 분석적인 내용도 있고, 시詩적인 내용도, 슬픈 내용도 있고, 어떤 편지는 신랄하며 심지어 웃기기도 하지요. 그 편지들을 분류하고 관심을 끌 만한 것들을 골라내려면 상당한 작업이 될 겁니다."(1957.5.16.)

결국 챈들러는 훗날 자신이 보관하던 편지들을 모두 태워 버렸지만(고인이 된 아내와의 추억을 되새기기가 힘들었기 때문이라 짐작된다), 그의 편지는 수많은 '수신자들' 쪽에 남아서, 누군가 다행히 그 '상당한 작업'을 해 낸 덕분에 독자와 만날 수 있게 되었다.

이 책에서는 챈들러의 편지들을 발췌, 편집하여 주제별로 정리하고, 각 편지마다 제목을 붙여 놓았다. 편지의 특성상 일정한 주제로 전개되지도 않고 제목이 있을 리도 없지만 굳이 그렇게 정리한 이유는 우선, 개괄적인 내용을 목차에 드러내어 독자의 흥미를 끌기 위함이다. 챈들러도 말했지만 "읽고 싶은 기분이 들지 않는 책은 아무 소용이 없는" 법이니까. 두 번째 이유는 독서의 편의를 위해서이고, 마지막으로는 나중에 해당 편지의 내용을 쉽게 떠올릴 수 있도록 돕기 위함이다. 따라서 순서와 관계없이, 어느 부분을 펼쳐서 어디부터 읽어 나간들 크게 상관은 없다. 조각을 맞춰 나가듯 흥미로운 제목부터 골라 조금씩 읽어 나가다 보면 어느새 한 사람의 인생이라는 큰 그림이 그려질 것이다. 다만, 그 조각들을 맞춰 나가기 위해서 필연적으로 레이먼드 챈들러의 생애에 대해 조금 알아 둘 필요가 있다. 이를테면 퍼즐을 맞추기 위한 힌트랄까. 자신의 이력 사항을 알려 달라는 출판사 측에 챈들러는 투덜거리면서도 장황하고 세세하게 답장을 보낸 적이 있다. 여기서는 그 편지(1950.11.10.)를 발췌, 인용하면서 그의 생애를 따라가 보자.

"사람들은 도대체 왜 이력 따위를 원하는 걸까요? 그게 왜 중요해요? 그리고 왜 작가가 한 인간으로서 자신을 논해야만 합니까? 그저 지루할 뿐인 것을. 나는 일리노이 주의 시카고에서, 너무 오래전이라 아무도 몰랐으면 좋겠다 싶은 언젠가 태어났습니다."

챈들러는 1888년 7월 23일 생으로 이 편지를 쓸 당시 62세였다. "내 부모님은 두 분 다 퀘이커 교도의 후손이셨죠, 두 분 다 교리를 따르지는 않았지만." 챈들러는 부모님이 퀘이커 교도 집안이었음을 강조하곤 한다. 아버지는 알코올 중독자였고 부모님이 이혼한 후, 챈들러는 어머니와 함께 어머니의 고향인 아일랜드로 이주하여 외가 친척들과 함께 살다가 공부를 위해 런던으로 옮겼다. "나는 덜위치 사립학교에 오 년간 다녔고 그 후로는 프랑스와 독일에서 이 년 정도 살았지요." 덜위치 칼리지는 런던 근교의 유명 사립학교로 챈들러도 어디선가 지적했듯이 대학은 아니다. 그를 후원했던 외삼촌은 챈들러를 대학에 보낼 마음 혹은 여유가 없었다. 그래서 챈들러는 학교를 마치기도 전에 프랑스와 독일에 가서 취직을 위해 어학을 공부했고 외삼촌의 뜻에 따라 일종의 공무원 시험을 보게 된다. 무려 오백 명의 수험자 중에 챈들러는 3등으로 시험에 합격했지만, 지루하다는 이유로 단 몇 개월 만에 그만두었고, 화가 난 외삼촌의 원조가 끊긴 상태에서 잡지에 글을 기고하며 잠시 가난한 프리랜서 생활을 했다. 그가 이 시기에 쓴 시와 에세이, 평론 들은, 미안하지만 솔직히 별로 대단치 않다. "그때까지 나는 글쓰기에 거의 재능을 드러내지 못했고, 그나마 있는 재능이라고는 지적인 속물근성으로 범벅되어 있었죠." 그는 1912년 24세 나이로 "근사한 옷에, 사립학교에서 익힌 말투에, 생계에 도움이 되는 재능은 전무한 채로, 그리고 미안하지만 아직까지도 어느 정도는 지속되고 있는 현지인들에 대한 경멸감을 품고 캘리포니아에 도착"했다. 그는 잡일을 전전하다가 독학으로 부기를 터득한 후로 자리를 잡고 마침내 어느 석유 회사의 부사장까지 올랐다가 해고되었다. 챈들러는 후에 대공황 탓이라고 했지만 사실은 석유 회사 여직원과 불미스러운 일도 있었으며, 지나친 음주와 그로 인한 업무 태만으로 해고됐다고 한다. 당시 이미 그는 술을 지나치게 마시고 있었다. 실업자가 된 챈들러는 아내와 함께 크루즈를 타고 태평양을 돌다가 불현듯 소설을 쓰겠다는 데 생각이 미친다. 이때 나이가 44세였다. 펄프 매거진의 대표 주자였던 《블랙 마스크Black Mask》에 단편을 기고하기 시작한 챈들러는, 1939년 51세의 나이에 마침내 첫 장편 소설인 『빅 슬립』을 출간했다. 장편 소설 네 편을 발표한 후, 1943년에 제임스 케인의 소설을 각색하며 할리우드 생활을 시작한다. "몹시 괴로운 경험이었어요. 아마 그 일로 수명이 좀 줄었을 겁니다. 하지만 덕분에 시나리오 창작에 대해, 내가 배울 수 있는 만큼은 배웠지요. 그만큼이 많지는 않았지만. 처음에는, 창조적인 재능이 있는 사람이 보기에 어리석지만은 않을 작업 방식을 발견할 수 있으리라 확신했지요. 하지만 앞서 다른 이들이 그랬듯 나 역시 그건 꿈이라는 점을 깨달았습니다. 1946년 말에 이만하면 됐다 싶어졌죠. 나는 라호야로 돌아왔습니다." 아카데미 각본상 후보에도 오르는 등 챈들러의 시나리오 작가 생활은 성공적이었고, 할리우드에서 일하는 동안 새 장편 소설을 쓰지 않았음에도, 1945년 무렵에는 '챈들러리즘'이라는 평을 들을 정도로 소설가로서도 큰 인기를 누렸다. 챈들러를 이해하는 또 다른 축은 아내인 시시 챈들러다. 챈들러는 1924년에 결혼했으며 아이는 없다. 시시는 챈들러보다 무려 열여덟 살이나 연상이었지만 챈들러는 결혼 당시 시시의 정확한 나이를 알지 못했다고 한다. 시시 챈들러는 챈들러의 유일한 친구이자 아내이자 든든한 지원자였다. 1954년 시시 챈들러가 오랜 지병 끝에 사망한 후, 챈들러는 극심한 우울증에 빠져 좀처럼 술을 끊지 못했고 자살을 기도하기도 했다. 말년에 헬가 그린과 사랑에 빠져 약혼하기도 했지만 챈들러는 결국 그 결실을 이루지 못하고 사망했다. 생전에 그토록 명성을 누렸음에도 장례식에 고작 십여 명만 참석했을 정도로, 챈들러는 평생 주거지 없이 떠돌아다니며 외롭고 고독한 삶을 살았다. 혹은 그랬기 때문에 그토록 많은 편지를 썼는지도 모른다. 여기서 인용한 편지의 뒷부분은 '제5장 일상'에서 '나란 사람은'이라는 제목으로 이어지고 있다. 기타 삶의 편린들이 편지 전체에 흩어져 있으니, 대략적인 약력 이외 자세한 사항은 본문을 읽는 재미를 위해서 아껴 둔다.

끝으로, 챈들러가 남긴 수많은 어록 중에 가장 널리 알려진 문구를 인용하며 긴 글을 마칠까 한다.

"그러나 이 비열한 거리로 한 남자는 걸어가야 한다. 그 자신은 비열하지도 않고, 타락하지도 않으며, 두려움도 없는 채로. (······) 만일 그 같은 사람이 많다면, 이 세계는 지나치게 따분하지 않으면서도 살아가기에 아주 안전한 공간이 되리라."

—「심플 아트 오브 머더」 중에서.

챈들러의 이상은 바로 이 말에서 드러난다. 아무리 사회가 타락한다 한들, 누군가는 그 안에서 개인적인 양심을 수호하며 살아야만 하며, 그런 인물이 있는 한 어쩌면 세상에는 일말의 희망이 있을지 모른다는. 그 이상적인 인물은 얼핏 챈들러 자신과도 닮았다. 그래서 레이먼드 챈들러와 그가 그려낸 인물들은 우리가 늘 필요로 하는 인물이자 이야기로 남을 것이다.

자, 이제 정말 마지막 한마디만이 남았다.

독자 여러분, 레이먼드 챈들러를 소개합니다.

엮고 옮긴이 안현주

1장

작품론

글 쓰는 힘을
잃지 않는
섬세함을 얻는다는 것

앨프리드 크노프[1]에게.

친절한 편지 고맙습니다. 안 그래도 나의 화려한 시작을 위해
애써 주어 고맙다는 편지를 쓰려던 참이었습니다. 사업이 내 인
생에서 중요한 부분을 차지하게 되면서, 사업적인 부분을 존중
하는 마음을 갖게 되었지요. 비록 출판에 대해서는 아는 바가 전
혀 없지만 말입니다.

콘로이 씨가 두 번 편지를 보냈는데 당신이 내 차기작에 대해
얘기했다기에, 이번 작품이 어떤 평을 받을지 감이 잡힐 때까지
그 작업은 좀 미루고 싶다고 답장을 했습니다. 지금까지 딱 네

---

1 출판사 앨프리드 A. 크노프의 설립자이자 편집자. 챈들러의 첫 장편 소설 『빅
   슬립』을 시작으로 『호수의 여인』까지 챈들러의 장편 소설 네 편을 출간했다.

건의 비평만 봤는데, 그중 둘은 내 책 속의 부패와 살풍경한 면에 가장 주목하는 듯했습니다. 실제로 클리핑 통신사[2]에서 홍보용으로 제공한 《뉴욕 타임스》를 보니, 나를 상당히 철저하게 깎아내렸더군요. 저급한 작품은 쓰고 싶지 않습니다. 새삼 깨달았는데, 지금 쓰는 작품에는 제법 불쾌한 인물들이 꽤 등장하는 것 같아요. 워낙 거친 환경에서 소설을 배운지라 아마 전에는 그다지 의식하지 못했던 거겠지요. 그때는 느리다 못해 때로는 지루한 상황 연결보다, 한 인물이 증거에 입각해서 상황을 이해하고 밝혀서 미스터리를 풀어내는 지점에 더 관심을 두었죠. 내 초기작을 접한 평론가들은 그런 점에 흥미가 없었을지 모르지만 나한테는 그 점이 중요했어요. 그래도 오늘자 《로스앤젤레스 타임스》에는 아주 좋은 평론이 실렸더군요. 딱히 내가 어제보다 오늘 더 부패에 정통하게 된 것 같지는 않은데 말이죠. 기자는 험프리 보가트를 주연으로 염두에 둔다는데 나 또한 굉장히 좋아하는 배우예요. 워너브라더스를 설득하는 일만 남았습니다.

당신이 생각중인 다음 작품에서는, 당신만 동의한다면 작품성을 몇 단계 더 올리고 싶습니다. 물론 날카로움과 속도감, 통쾌

2 구매자에게 주문에 따라 발췌한 신문 기사를 제공하는 회사.

함은 유지해야겠지만 좀 더 부드럽게 쓸 수 있을 것 같아요……. 안 되겠습니까? 자동적으로 영상화되지 않으면서 어떤 독자가 내 글을 읽든, 실망시키지 않는 무언가를 써 보고 싶어서요. 『빅 슬립』은 사실 굉장히 균일하지 못하게 쓴 작품이죠. 그런대로 괜찮은 장면들도 있지만, 어떤 장면들은 지나치게 저속해요. 할 수만 있다면, 객관적인 방식[3]을 서서히 발전시켜서, 독자를 정말로 드라마틱하고 심지어는 멜로드라마틱한 소설로 이끌고 싶습니다. 스타일은 아주 생생하고 예리하지만, 지나친 속어나 은어는 쓰지 않은 소설로요. 그런 방식은 신중하게, 아주 조금씩 시도해야 한다는 것을 알지만 그래도 해낼 수 있을 것 같아요. 힘을 잃지 않으면서도 섬세함을 얻는 것, 그것이 관건이죠. 어쨌거나 다른 무언가를 시도하기 전에 적어도 장편 소설 세 편은 써 봐야 하지 않을까 싶지만요.

(1939년 2월 19일)

---

3 등장인물의 감정을 배제하고 객관적으로 사실을 묘사하는 방식은 하드보일드 스타일이라 불리며, 문학적으로는 헤밍웨이가 구축했고, 대실 해밋을 통해 추리소설에 접목되면서 '하드보일드 추리소설'이라는 새로운 유형을 낳게된다. 스티븐 킹은 그의 저서 『유혹하는 글쓰기』(220쪽)에서 '묘사를 잘하는 비결은 관찰력과 명료한 글쓰기'라며 "챈들러와 대실 해밋과 로스 맥도널드를 읽으면서 이 문제에 대한 공부를 시작"했다고 말하기도 했다.

내가
욕을 먹는
이유

블란체 크노프[1]에게.

당신의 편지는 언제나 그렇듯 친절하고 매력적이었지만, 정말 안 좋은 시기에 도착했습니다. 당신한테 이번 책[2]이 별 도움이 안 될까 봐 걱정스럽군요. 행동도 없고, 호감 가는 인물도 없고, 아무것도 없어요. 탐정은 아무것도 하지 않죠. 돈 낭비일 수도 있지만 어쨌든 활자로 치는 중이고, 당신한테 보내질 겁니다. 좋은 생각 같지는 않아도 이제 내 손에서 떠난 거죠. 친절이

---

1 앨프리드 크노프의 아내이자 출판사 앨프리드 A. 크노프의 공동 설립자.

2 1942년 출간된 세 번째 장편 소설 『하이 윈도』를 말한다. 실제로 이후 편지를 보면 『하이 윈도』는 출간 당시 판매량이나 평가 모두 기대 이하였던 듯하다.

소용없을 상황이 닥칠 때 굳이 내게 친절할 필요는 없습니다. 적어도 이렇게 말하면 당신에게 위안이 좀 되지 않을까 싶군요. 변명을 하자면, 나는 최선을 다했고 이제 그만 끝내도 되겠다 싶었다는 것뿐입니다. 그렇지 않았다면 원고에 끝없이 땜질을 하고 있었을 겁니다.

내가 좌절하게 되는 건, 내가 거칠고 빠르고 폭력과 살인이 난무하는 글을 쓰면 사람들은 거칠고 빠르고 폭력과 살인이 난무한다고 욕하고, 그래서 다음엔 좀 순화해서, 상황을 정신적이고 감정적인 측면에서 더 전개해 보려고 하면, 처음에 욕하던 그것들을 안 쓴다고 욕을 한다는 겁니다. 독자들은 챈들러에게 이런저런 것들을 원하지요. 전에 그렇게 썼으니까. 하지만 그렇게 썼던 건, 그렇게 쓰지 않았으면 훨씬 좋았을 거라는 얘기를 듣기 전이었죠.

(1942년 3월 15일)

추리소설가의
분노

제임스 샌도[1]에게.

당신이 나와 케인[2]에 대해 한 얘기는 상당히 좋았습니다. 케인과 비교되는 건 항상 기분이 언짢아요. 내 출판사는 케인이 『포스트맨은 벨을 두 번 울린다』로 크게 성공을 거두었으니 케인과 비교하는 게 좋은 수단이라 생각했지만, 작가로서 내가 잘났

---

1 콜로라도 대학 도서관에서 일했고, 탐정소설의 열렬한 팬이었다. 챈들러를 비롯해 동시대의 유명한 작가들과 다수의 서신을 주고받아 많은 자료를 남겼고 《뉴욕 헤럴드 트리뷴》에서 미스터리 소설 평론을 쓰기도 했다.

2 제임스 케인(James Cain, 1892~1977). 미국의 하드보일드 소설가. 대표작 『포스트맨은 벨을 두 번 울린다The Postman Always Rings Twice』를 비롯해, 챈들러가 각색을 맡은 첫 번째 영화 〈이중 배상Double Indemnity〉의 원작자로도 유명하다.

건 못났건 나는 케인과는 전혀 다릅니다. 케인은 내숭 떠는 작가죠. 내가 특히 싫어하는 부류예요.

당신은 "평론가들이 '소설'과 탐정소설을 차별하는 행태로 인한 불이익에 대해 무언가를 할 수 있다"고 생각하는 것 같더군요. 어쩌다 한 번씩 탐정소설 작가도 작가로 대접받기는 하지만 그런 경우는 거의 없지요. 다 이유가 있다고 생각합니다. 이런 거죠. 첫째, 탐정소설은 대개 형편없이 쓰인 게 많아요. 둘째, 탐정소설의 주 판매처는 상업적인 독서 서비스에 의존하는 유료 대출 문고들이고, 평론에는 관심이 없어요. 셋째, 내 생각이지만 탐정소설은 마케팅이 잘못됐어요. 사람들이 탐정소설에 영화보다 더 많은 돈을 지불하리라는 건 터무니없는 기대죠. 넷째, 탐정소설 또는 추리소설의 형식은 그간 너무나 철저하게 탐구되어서 오늘날 작가들은 추리소설처럼 보이면서 추리소설이 아닌 글을 쓰는 데만 몰두하고 있어요. 하지만 이런 이유들이 유효하든 아니든, 작가로서 근본적인 분노를 지울 수는 없습니다. 왜냐, 사류쯤 될까 싶은, 구성도 엉망이고 진지한 척이나 하면서 저 멀리 남쪽에서 목화 줍는 무리의 인생을 다루는 작품에는 한 단段하고도 반이 넘는 정중한 관심이 주어지는 반면에, 추리소설은 아무리 잘 써도 고작 한 문단으로 다루어질 테니까요. 내가 아는 나라 중엔 프랑스 사람들만이 유일하게 작품을 작품으

로 봐 줍니다. 영국인들은 소재를 우선하고, 그다음에야 작품성
을 따지지요. 그다음이라는 게 있다면 말입니다만.

(1944년 1월 26일)

소설이라는
예술에 대하여

찰스 모튼[1]에게.

당신 친구 데일 워런이 『몰타의 매The Maltese Falcon』에 대해
한 발언들 때문에 아직도 좀 어지럽군요. 그는 분명히 『리븐워스
사건The Leavenworth Case』[2](아직 안 읽었다면 재미 삼아 한번 읽
어 보시죠)이 그보다 훨씬 낫다고 여기는 것 같던데요. 나도 얼

---

1 잡지 《월간 애틀란틱Atlantic Monthly》의 편집 발행인. 챈들러의 가장 유명한
   에세이 「심플 아트 오브 머더」를 비롯하여 챈들러가 쓴 흥미로운 글을 많이
   게재했으며 챈들러와 가장 많은 편지를 주고받은 인물이기도 하다.

2 추리소설의 어머니라 불리는 안나 캐서린 그린이 1878년 발표한 소설로, '추
   리소설의 여왕' 애거서 크리스티가 자서전에서 이 작품에 영향을 받았다고
   언급하기도 했다.

마 전에 『몰타의 매』를 다시 읽었지만, 이제 그만하죠. 우리들 중 누군가는 고삐가 풀렸어요. 틀림없이 나겠죠. 솔직히 말하자면 『몰타의 매』보다 나은 글을 쓸 수는 있을 겁니다. 삶에 대해 더 온화하고 따스한 태도를 보이면서 마무리도 더 화려한. 하지만 맹세컨대 대략 이십 년 전에 나온 책 중에 요즘 책 같은 배짱과 생명력을 지닌 작품이 스무 권만 있다면, 에드먼드 윌슨의 머리통을 저며서 그 책들을 그 속에 끼워 넣고 먹어 버리겠어요. 정말로 진지하게 궁금해지기 시작했습니다. 사람들이 이제 글이 무엇인지를 모르는 건지, 이 빌어먹을 사업을 소재니, 의미니, 누가 성공을 거두고, 영화 판권의 대가로 무엇을 주는지 따위와 완전히 혼동하고 있는 게 아닌지요. 세세하게 분석할 수 없으면 문맹인 건지, 단순히 주변에 책을 읽고 이 작가가 글을 쓸 줄 아네, 마네 할 수 있는 사람이 없는 건지도요. 위쪽 틀니가 헐겁기라도 한 사람처럼 글을 쓰는 불쌍한 에드먼드 윌슨 영감도, 바로 얼마 전 《뉴요커》에 마퀀드[3]의 최근작 서평을 하면서 자기 바지를 더럽혔죠. 그는 이렇게 썼습니다. "싱클레어 루이스[4]의 소설

---

3 존 마퀀드(1893~1960). 『고(故) 조지 애플리』로 1938년 퓰리처상을 수상한 미국 작가.

은 아무리 토를 단다 한들, 적어도 작가가 쓴 책이기는 하다. 다시 말해서, 분위기를 자아내는 상상력의 산물이자, 특정한 예술가의 손길이 빚은 색채와 형상을 보이는 창작품이다." 좋은 작가라면 모두 그렇게 써야만 하는가? 제길, 물론 나야 항상 그렇게 생각했지만 윌슨도 그걸 아는지는 몰랐죠.

내가 '의미의 하찮음'이라는 제목으로 당신 잡지에 글을 써도 되겠습니까? 내 평소의 사창가 스타일로 이런 글을 쓰고 싶습니다. 소설이 무엇인지는 쥐뿔만큼도 중요치 않다. 어느 시대 어느 때건 가장 좋은 소설은 언어로 마법을 부리는 소설이다. 소재는 단지 작가가 상상력을 풀어놓을 도약판에 지나지 않는다. 앞으로도 그렇게 불릴지는 모르겠지만 소설이라는 예술은, 무에서 출발해서 적어도 삼백 년 동안 인공적인 체계를 발전시켜 왔으며, 이제 구조적으로는 어느 정도 완성된 상태라서 소설가를 구별하는 유일한 방법은 그들이 뷰트의 광부들에 대해 쓰는지, 중국의 쿨리들에 대해 쓰는지, 브롱크스의 유대인에 대해 쓰는지, 롱아일랜드의 증권 중개인에 대해 쓰는지 등등뿐이다. 여자 작

---

4 싱클레어 루이스(Sinclair Lewis, 1885~1951). 1930년 미국인 최초로 노벨 문학상을 수상한 작가. 대표작으로는 『메인 스트리트Main Street: The Story of Carol Kennicott』, 『배빗Babbit』 등이 있다.

가는 전부, 남자 작가는 대부분이 똑같이 쓴다, 적어도 철저하게 표준화된 십여 가지 절차 중 하나를 선택한다. 불가피하게 아주 약간의 차이(길게 보자면 정말이지 너무나 미세한 차이)는 있겠지만 기계로도 이 지랄 맞은 작업 전체를 똑같이 생산할 수 있을 텐데, 조만간 그런 날이 올 것이다. 게다가 아직도 무언가 쓸게 남았다는 작가들이란 실제로 본인은 아무것도 쓰지 않고 이상한 방식으로 장난을 치는 인간들뿐 아닌가?

내 생각엔 당신들 전부 미쳤어요. 나는 영화 쪽으로 넘어 가렵니다.

(1945년 12월 12일)

◆ 신랄한 비평으로 유명했던 미국의 문예평론가 에드먼드 윌슨(Edmond Wilson, 1895~1972)은 1944년 10월, 《뉴요커》에 「사람들은 왜 탐정소설을 읽는가Why Do People Read Detective Stories」라는 제목의 에세이를 게재한다. 이를 통해 윌슨은 렉스 스타우트, 애거서 크리스티, 대실 해밋 등의 작품을 노골적으로 깎아내렸다. 특히 대실 해밋의 『몰타의 매』에 대해서 "오늘날 『몰타의 매』는, 강인한 턱을 가진 영웅과 아름다운 하드보일드 여성 모험가가 매일같이 엎치락뒤치락

하는 신문지 연재만화보다 그다지 나아 보이지 않는다"라고 평했다.

이 에세이로 윌슨은 독자들의 많은 항의 편지를 받았고, 챈들러를 비롯한 다수의 탐정소설가들이 반박하는 글을 발표한다. 챈들러의 「심플 아트 오브 머더」도 이 과정에서 등장했다(1944.12.). 이에 윌슨은 석 달 뒤, 항의 편지와 탐정소설가들의 반박에 맞서기 위해 다시 《뉴요커》에 애거서 크리스티의 소설 제목을 패러디하여 「누가 로저 애크로이드를 죽였건 무슨 상관인가Who Cares Who Killed Roger Ackroyd」라는 에세이를 발표한다. 여기에서 윌슨은 탐정소설을 폄하하며 "읽어야 할 좋은 책이 이렇게나 많은데 따분하게 이런 쓰레기들을 읽을 필요는 없다"고 잘라 말하여, 또 한 번 많은 탐정소설가들의 공분을 샀다.

작가에게
가장 가치 있는 투자는
스타일

로버트 호건[1]에게.

작가로서 나의 특이하고도 까다로운 점은 아무것도 버리지 못한다는 것입니다. 이런 건 전문가답지 못하고, 자신의 작품이 잘 안 되고 있을 때도 알아차리지 못하는 아마추어들이 보이는 단점이라더군요. 나는 작품이 잘 안 되고 있을 때, 그 당면한 문제에 대해서는 잘 알 수 있습니다. 다만 어떤 생각과 느낌이 있어서 그걸 쓰기 시작했다는 사실을 간과할 수가 없어요. 그걸 쓰지 않으면 저주받을 것 같죠. 이런 고집 때문에 몇 달씩 시간을 버리곤 했습니다. 하지만 플롯과 동기가 매일 가혹하리만치

---

1   뉴저지에 사는 일반 독자로 직업은 교사.

철저하게 분석당하는 할리우드에서 일하다 보니, 내 발목을 잡는 게 항상 플롯 문제였음을 깨달았지요. 줄거리를 충분히 짜내지 못하는 거였어요. 내 마음에 드는 무언가를 써 넣고도 그걸 구조에 맞추려고 지독하게 시간을 들이는 겁니다. 그 결과 어딘지 좀 괴상한 구조가 되어 버리는데, 워낙 플롯에는 관심이 없는지라 전혀 신경을 쓰지 않았지요.

별스러운 점 또 하나는(이건 내 절대적인 신조이기도 한데) 초고를 마칠 때까지는 이야기가 어디로 흘러가는지 절대 알 수 없다는 점입니다. 그래서 나는 항상 초고란 날것이라고 생각해요. 그 안에서 살아 있는 듯 보이는 것이 이야기에 속하는 것입니다. 깔끔함을 잃더라도, 스스로 일어서 걸어가는 효과를 지닌 것들은 계속 유지하려고 하지요. 좋은 이야기는 만들어 낼 수 없습니다. 추출해야 하지요. 아무리 말을 아껴도 장기적으로 보자면 글쓰기에서 가장 오래 남는 것은 스타일이고, 스타일은 작가가 시간을 들여 할 수 있는 가장 가치 있는 투자입니다. 스타일에 대한 투자는, 성과는 느리고, 에이전트의 비웃음과 출판사의 오해를 살 겁니다. 그러다 서서히 당신이 들어 본 적도 없는 사람들에게 확신을 주겠죠. 글을 쓰면서 자신의 흔적을 남기는 작가는 항상 성공할 거라는. 노력한다고 되지는 않아요. 내가 생각하는 스타일이란 개성을 반영한 것이고, 개성을 반영하려면 먼저 개성이 있어야만 하니까요. 하지만 개성이 있다 해도 종이에 개성을 반영하려면 다른 무언가를 생각해 내야만 합니다. 어찌 보면 얄궂은 일이죠. 그런 점이 아무리 '만들어진 작가들'의 시대라 해도 내가 여전히 작가를 만들 수는 없다고 말하는 이유입니다. 스타일에 집착한다고 해서 스타일을 만들어 낼 수는 없어요. 아무리 많이 편집을 하고 퇴고를 해도, 한 인간이 글을 쓰는 방식이 지닌 그 특색에 뚜렷한 영향을 끼칠 수는 없는 겁니다. 글의 특색이란 작가의 감정과 통찰의 본질에 따른 산물이죠. 그 특색이 감정과 통찰을 종이로 옮겨 작가가 되게 하는 자질이고, 반대로 똑같이 좋은 감정과 예리한 통찰력을 지녔다 해도 그걸 종이로 옮기지 못하게 하는 요소이기도 합니다. 만들어진 작가 몇을 알고 있습니다. 물론 할리우드에는 당연히도 그런 사람이 가득해요. 그런 자들의 작품은 그 즉시엔 지적이고 유려하고 세련되게 충격을 가하곤 하지만, 그 속은 텅 비어 있고 누구도 다시 돌아보지 않지요. 어쨌건 나는 돌아보지 않습니다.

누가 나한테 초보 작가에게 조언을 좀 해 달라고 부탁한다면, 나는 진심으로 일반적인 충고를 할 만큼 잘 알지 못한다고 대답해야 할 겁니다. 보통은 사람들에게 그들의 작품이 어떻게 하면 잘 팔릴지 알려주는 데 집착하지요. 그런 문제에 대해서라면 아마도 당신이, 아니, 확실히 당신이 나보다 더 잘 알 겁니다. 어쨌든 나는 그런 면에서는 한 번도 남을 성공적으로 돕지 못했으니까요. 내가 스스로 투쟁한 끝에 얻었을지 모르는 지혜는 다만 장기적으로 유용할 뿐이죠. 내가 얻은 지혜란, 글쓰기 기술에 너무 집착하는 것은 빈약한 재능이나 재능이 전혀 없음을 드러내는 확실한 표시일 뿐이라는 믿음과 다소 상통하니까요.

(1947년 3월 8일)

작가들의 도덕성

찰스 모튼에게.

예전에 언젠가 '작가들의 도덕성'에 대한 글을 한번 써야겠다고 생각한 적이 있죠. 좀 더 장난스럽게 표현하자면, '후세 따위가 어떻건 나는 지금 내 것을 원한다'라든가. 사실은 전혀 장난스러운 글이 아닙니다. 작가들이 주변 세계를 잘 관찰하여 마음으로부터 진지하게 작품을 쓰는 대신, 할리우드나 잡지나 어떤 덧없는 선동적 생각에 스스로를 팔아넘긴다며 온갖 불평을 늘어놓는 사람들이 있잖습니까. 짐짓 진지한 척하는 비평가들을 비롯해서, 그 사람들은 어떤 시대, 어떤 작가에게도 백지 수표가 주어진 적이 없다는 사실을 간과하는 모양입니다. (어떻게 그럴 수 있는지 모르겠지만, 그들은 그렇더군요.) 작가란 외부 조건들을 그저 받아들여야만 하고, 특정 금기들을 존중해야 하며, 특정한 대상을 만족시켜야만 하죠. 특정한 대상이란 종교일 수도 있고, 부유한 후원자나, 소위 말하는 우아함, 또는 출판사나 편집자의 상업적 의견, 혹은 심지어 정치적 논리일 수도 있어요. 작가는 이런 것들을 받아들이기도 하고 이에 반발하기도 합니다. 두 경우 모두 작가의 창작에 영향을 미치죠. 어떤 작가도 자기가 쓰고자 하는 것을 그대로 옮겨 낸 적은 없어요. 자기 안에 그런 게, 쓰고자 하는 순수하게 개인적인 무엇이 없으니까. 전부 이런저런 것에 대한 반응들일 뿐이지요.

아, 제길, 아무렴 어때요. 생각이란 독입니다. 생각을 많이 할수록 창조는 줄어들 뿐입니다.

(1947년 10월 28일)

독자들에게
기억되는 것

프레더릭 루이스 앨런[1]에게.

오든은 내가 길을 잃고, 더듬어 찾게 했습니다. 탐정소설에 대한 그의 글은 냉정하고 명료하며 고전적인 방식으로 탁월했어요. 하지만 왜 나를 거기 끌어들인단 말입니까? 나는 단지 펄프소설[2] 몇 개를 책이라는 형태로 만들어 내느라 녹초가 된 놈일

---

1 잡지 《하퍼스 매거진》의 편집자.

2 1920년대 말부터 미국에서 유행하기 시작한 펄프 잡지(Pulp Magazine)에 실린 소설들을 말한다. 저렴한 펄프지에 인쇄한 이 잡지들은 하드보일드 탐정소설들의 모태가 되었다. 가장 대표적인 잡지는 챈들러의 데뷔작을 게재하기도 한 《블랙 마스크》로, 편집장 조셉 쇼(혹은 조 쇼)는 특히 대실 해밋을 아꼈으며, 이후 챈들러를 비롯한 펄프 작가들에게 해밋의 스타일을 모방하여 모든 수사를 배제하고 '행동'만을 우선하는 글쓰기를 요구했다.

뿐입니다. 내가 무슨 수로 형태로서의 탐정소설 문제를 다룰 수 있겠습니까? 내가 찾고자 하는 건 오직 이야기 속 대화에서 이루어지는 몇 가지 실험에 대한 변명일 뿐입니다. 그런 실험들을 정당화하기 위해서 플롯과 상황이 필요하죠. 하지만 근본적으로 나는 그 두 가지 다 거의 신경 쓰지 않아요. 내가 정말로 신경 쓰는 것은 에롤 플린[3]이 '그 노래'라고 부르는, 그가 말해야 하는 대사들뿐이죠[4]. 나는 그저 필립 말로 이야기를 쓰면서 재미를 좀 보는 중인데(막히기 전까지는), 여기 오든이라는 친구가 나타나서는 나한테, 내가 범죄 환경에 대한 진지한 고찰을 쓰는 데 관심이 있다고 말하는 겁니다. 그래서 이제 나는 내가 쓰는 모든 걸 들여다보며 스스로에게 말하죠. 이봐, 늙은 친구. 기억하라고. 이 얘기는 범죄 환경에 대한 진지한 고찰이어야 해. 제정신입니까? 아니죠. 내 책들이 범죄 환경에 대한 고찰이냐고요? 아닙니다. 그저 평균적인 수준으로 타락한 존재를 멜로드라마적인

3 낭만적이고 무모한 역을 주로 맡았던 영화배우.

4 챈들러의 대사 관련, 줄리언 시먼스는 추리소설의 역사를 정리한 저서 『블러디 머더』에서 "챈들러는 언어의 소리와 가치에 대한 감각이 훌륭했다. 특히 장소, 물건, 사람에 대한 관찰이 예리했다. 그의 재치 있는 대사들은 분위기나 시기가 거의 언제나 완벽했다"고 말한 바 있다(203쪽).

관점으로 아주 강조해서 그릴 뿐입니다. 내가 멜로드라마 자체에 미쳐 있어서가 아니라 게임의 규칙을 충분히 이해할 만큼 현실적이기 때문입니다.

오래전에 펄프 잡지에 기고하면서 나는 글에 이런 식의 문장을 집어넣었죠. '그는 차 밖으로 나와 햇볕이 내리쬐는 보도를 가로질러 현관 차양이 드리우는 그늘이 차가운 물의 감촉처럼 그의 얼굴에 내려와 닿는 입구까지 걸어갔다.' 출간할 때 그 부분은 빠졌더군요. 독자들이 그런 종류의 문장을 좋아하지 않고, 오로지 행동에만 주목한다고요. 그래서 나는 그렇지 않다는 걸 증명하기로 했지요. 내 이론은 독자들이 행동에만 신경을 쓰는 게 아니라, 본인들도 깨닫지 못하지만, 사실 행동에는 거의 신경을 쓰지 않는다는 겁니다. 독자들과 나의 관심사는 대화와 묘사를 통해 만들어지는 감정입니다. 독자들에게 기억되고 각인되는 건 이를테면 한 남자가 살해당했다는 사실이 아닙니다. 죽음이 닥친 순간, 그는 매끄러운 책상 위에 놓인 클립을 집으려고 책상 위를 긁고 있었고, 클립이 자꾸만 미끄러져서 불만스러운 표정이 얼굴에 가득했으며, 그의 입은 고통스럽다는 듯 이를 드러내며 반쯤 벌어져 있었고, 그가 세상에서 마지막으로 떠올린 것이 죽음이었다는 사실입니다. 그는 죽음이 문을 두드리는 소리조차 듣지 못했죠. 그 망할 클립이 자꾸 손가락에서 미끄러졌고, 그는 그저 책상 모서리로 그 클립을 밀어 떨어지게 해서 잡을 수 없었던 겁니다.

(1948년 5월 7일)

◆ 이 편지는 저명한 시인이자 평론가인 위스턴 오든(Wystan Auden, 1907~1973)이 《하퍼스 매거진》 1948년 5월호에 발표한 에세이, 「죄 많은 목사관: 한 중독자의 눈으로 본 탐정소설」에 대한 항의성 편지다. 「죄 많은 목사관」 역시 에드먼드 윌슨으로부터 시작한 탐정소설 논쟁의 연장선상에 있는 글로, 오든은 스스로 중독자를 자처하며 탐정소설을 나름대로 옹호한다. 이 글에서 오든은 탐정소설에 대한 챈들러의 시각에 전적으로 동의하진 않았지만, 챈들러의 작품에 대해서는 "내가 볼 때 챈들러는 탐정소설이 아니라 범죄 환경에 대한 진지한 고찰을 쓰는 데 관심이 있다. 강렬하지만 극도로 우울한 그의 작품들은 도피 문학이 아니라 예술 작품으로 읽혀야만 한다"고 평가했다.

표절 시비에
대하여

클리브 애덤스[1]에게.

로이 허긴스[2]라는 사람은 알지도 못할뿐더러 본 적도 없습니다만. 그 사람이 자기 책 『반복』에다 서명을 해서, 그 사람 말로는 출판사에서 못 넣게 했다는 헌정사와 함께 사과하는 편지를

---

1 펄프 소설 작가이자, 챈들러의 친구.

2 로이 허긴스(Roy Huggins, 1914~2002)는 소설가이자, 텔레비전과 영화 시나리오 작가, 프로듀서로 알려졌다. 표절작으로 언급된 『반복Double Take』(1946)으로 허긴스는 1948년 컬럼비아 영화사와 판권 계약을 맺고 이후 영화계에 자리 잡는다. 텔레비전이 등장하면서 영화 시장이 내리막길을 걷기 시작하자, 텔레비전 쪽으로 영역을 옮겨 워너와 유니버설의 텔레비전 프로덕션 부사장까지 오른다. 해리슨 포드 주연의 1993년 영화 〈도망자〉에 책임 프로듀서로 참여하기도 했다.

보냈더군요. 답장으로, 그런 사과는 필요하지도 적당하지도 않고, 그 비슷한 일을 한 작가들이라면 이름을 서너 명쯤은 댈 수 있다, 심지어 그들은 당신처럼 솔직하지도 않았다고 썼지요.

하드보일드 소설은 내가 고안한 게 아닙니다. 해밋이 공功의 대부분, 혹은 전부를 가져가야 한다는 내 생각을 숨긴 적도 없고. 모든 사람들이 시작할 때는 모방을 하죠. 스티븐슨이 말하길, "노력하는 유인원[3]"이라고 했지요. 나는 개인적으로, 작가가 개인적인 기교, 자신의 글쓰는 수완, 자기만의 표현 수법, 소재에 대한 접근 방식을 향상시키려는 시도가 지나치게 멀리 나아가다 보면 표절이라는 영역에 도달할 수 있다고 생각해요. 법으로 보호할 수 없는 아주 고약한 영역이죠. 고약한 이유는 크게 두 가지입니다. 표절은 작가가 자신의 작품을 자각하게 해요. 예를 들어, 아주 과장된 직유(이런 기법은 일부 내가 고안한 것도 같아요)를 쏟아내는 라디오 프로그램을 듣다 보면 어느 순간 내가 예전에 썼던 방식으로 쓰면 안 되겠다고 스스로 제한을 두

---

3 『지킬 박사와 하이드 씨』의 작가 로버트 루이스 스티븐슨이 자신의 에세이에서 "수많은 위대한 작가들의 스타일을 모방하려고 노력하는 유인원 행위(Sedulous ape)를 통해 글을 배웠다"고 쓴 이후 이 표현 자체가 '모방하다'는 의미로 굳어졌다.

게 되지요. 두 번째로, 표절은 무가치한 것들만이 시장에 범람하게 하고 가치 있는 것은 사라지게 만들어요. 어쨌거나 모두 도움이 안 되긴 마찬가지죠. 설사 내게 그런 행위를 막을 수 있는 절대적 권한이 주어진다 해도 어디에 딱 선을 그을 수 있을지 의문이 듭니다. 작가의 스타일까지 훔칠 수는 없다는 점을 알고 있기 때문이죠. 그 작가한테 그럴 스타일이 있다면 말이지만. 대개는 누군가의 결점만 훔칠 수 있을 뿐입니다.

해밋이 1932년 이래 새 책을 내지 않고 있기 때문에, 몇몇 사람들이 범죄 세계를 보여 주는 대표주자로 나를 꼽더군요. 상업 영화에서 미스터리 유행을 일으킨 작품이 〈몰타의 매〉가 아니었다는 사실 때문이겠죠, 그랬어야 하는데. 〈이중 배상〉[4]과 〈안녕, 내 사랑〉[5]이 그런 유행을 끌어냈지요, 내가 그 둘 다 관여했고. 그 결과 해밋처럼 쓴다고 비난받았던 모든 사람들이, 이제는 나처럼 쓴다고 비난받고 있는지도 모르겠습니다.

---

4 챈들러는 케인의 소설을 원작으로 한 이 영화를 통해 아카데미 각본상 후보에 오르는 등, 시나리오 쪽에서 큰 호평을 받는다. 당시 이 영화를 각색할 작가를 찾고 있던 파라마운트의 제작자 조 시스트롬은 챈들러의 『하이 윈도』에 감명받아 그를 할리우드로 초대했다고 한다. 이후 챈들러는 사 년간 할리우드에 몸담았는데 이 시간 동안 부와 명성을 얻게 되었다.

허긴스 씨를 응원하고 싶군요. 어느 지점까지는 연료를 좀 빌려 쓰고 가더라도, 언젠가 자기 속의 걸 태워서 스스로 탱크를 몰아야 하는 날이 올 테니까.

법적으로는 기본적인 플롯을 베낀 경우를 제외하면 어떤 표절도 인정하지 않습니다. 시대적으로 이런 일에 대해서 한참 개념이 뒤떨어졌어요. 할리우드에서는 내 아이디어들이 표절될뿐더러, 나 자신도 표절 혐의를 받은 적이 있습니다. 〈푸른 달리아〉[6]가 자기 작품을 도용했다고 하는 사람이 있었죠. 다행히도 파라마운트 측에서 그가 쓴 스토리가 스토리 부서[7]를 한 번도 벗어난 적이 없다는 걸 증명했지요. 무의식적인 표절은 만연해 있는데다 피할 수도 없습니다. 오닐은 그의 작품 〈얼음 장수의 왕림

---

5 챈들러의 『안녕 내 사랑Farewell, My Lovely』을 원작으로 한 영화로, 영화판 제목은 〈Murder, My Sweet〉이다. 개봉 당시(1944)에는 원작과 제목이 같았으나 뮤지컬 제목 같다는 이유로 제작사에서 곧 제목을 바꾸었다. 이 영화는 미국 추리작가협회에서 소설, 영화, 드라마, 평론, 논픽션 등 다양한 분야의 미스터리에 수여하는 에드거 상의 첫 해인 1946년에 최우수 영화상을 수상했다.

6 〈푸른 달리아Blue Dahlia〉(1946)는 챈들러의 창작 시나리오. 자세한 이야기는 '제3장 할리우드'에서.

7 영화사로 제출되는 모든 자료와 기록물, 시나리오, 음악 등 영화 제작에 필요한 일차적인 자료를 모아 검토하고 보관하는 부서.

The Iceman Cometh〉에서 '빅 슬립'이라는 표현을 죽음에 대한 동의어로 사용했지요. 그는 이 표현이 뒷골목이나 암흑가를 일컫는 신조어라고 생각하는 게 분명한데, 사실 그 말은 순전히 내가 만들어 낸 말이었지요. 내가 먼 훗날까지 기억된다면, 후대에는 내가 오닐의 말을 도용했다고 비난받을지도 모르겠습니다. 그 사람은 거물이니까. 영국에 제임스 해들리 체이스라고 『미스 블랜디시』라는 작품을 쓴 유명한 작가가 있는데(그나저나 최악의 싸구려 소설이죠), 자기 책에서 내 책이나 해밋의 책에 나온 문장을 그대로 옮기면서 실습을 하고 있더군요. 그 사람은 결국 《퍼블리셔스 위클리》에 상응하는 영국 매체에 공식적인 사과를 해야 했지요. 뿐만 아니라 그 사과를 이끌어 낸 세 군데 출판사에 법적인 비용을 물어냈고. 다만, 내 미국 출판사 측 변호사는 체이스의 미국 출판사에게 굳이 이런 점을 경고하려 하지도 않더군요. 영국에는 아직 사업적인 신의가 남아 있는데 말입니다.

당신과 발라드[8]에게 말하자면, 나도 아이디어라는 게 뭐였는지 전혀 모르겠어요. 말하자면, 우리는 함께 자랐다고 할 수 있고, 같은 표현을 글로 쓰고, 그러다 모두 조금쯤은 거기서 벗어

8 W. T. Ballard. 《블랙 마스크》의 동료 작가.

나게 되었죠. 엘리자베스 시대 희곡들이 그렇듯이 《블랙 마스크》에 실린 많은 이야기가 다 비슷비슷한 울림이 있죠. 집단적으로 새로운 기법을 탐구할 때면 이런 현상이 항상 나타나는 법입니다. 하지만 우리 모두가 해밋처럼 글을 써야 한다고 생각하는 조 쇼를 위해 글을 쓸 때에도, 어떤 작가든 저마다 미묘하고도 분명한 차이가 있게 마련입니다. 그렇지 않다면 작가가 아니죠.

(1948년 9월 4일)

◆ 챈들러는 영국 소설가 제임스 해들리 체이스가, 『금발의 진혼곡(Blonde's Requiem)』(1945)이라는 작품에서 자신의 작품을 도용했다고 소송을 제기하여 승소했다. 체이스는 영국의 출판 전문잡지 《북셀러》에 공식적으로 사과문을 게재하고 배상금을 물어야 했다. 체이스는 이후로도 표절 문제로 끊임없이 논란을 일으켰다고 한다.

챈들러와 앨프리드 A. 크노프 사의 관계는 제임스 해들리 체이스의 표절 사건으로 급격히 소원해진다. 챈들러는 자신의 미국 출판사인 크노프 사와 영국 출판사인 해미시 해밀턴 사 양쪽에게 조치를 취해 줄 것을 부탁했다. 해당 출판사에게 압력을 넣어 체이스의 사과문을 잡지에 싣는 데 성공한 해미시 해밀턴에 비해, 크노프 사는 별다른 조치를 취하지 않았다. 이에 화가 난 챈들러는 크노프 사를 떠나 호튼 미플린 사로 출판사를 옮긴다. 더불어 저작권 에이전시도 시드니 샌더스를 떠나 브란트 앤드 브란트로 옮긴다. 하지만 앨프리드 A. 크노프 개인과의 서신 왕래는 지속되었으며, 후에는 크노프에게 당신을 떠나지 말 걸 그랬다는 편지를 쓰기도 했다.

추리소설가와
멜로드라마

버니스 바움가르텐[1]에게.

나는 이따금 다른 사람 눈을 통해 나 자신을 보게 될 때마다 충격을 받곤 합니다. 《파티잔 리뷰Partisan Review》[2] 최근호에(덧붙이자면 아주 좋은 기사들이 몇 있더군요), 어떤 사람이 『우리 모두의 친구Our Mutual Friend』[3]에 대해 이렇게 썼더군요. "디킨스와 동시대를 산 사람들은 현실성을 따지지 않고 영국과 런던에 대한 그의 암울한 관점을 수용할 수 있었다. ⋯⋯오늘날 우

---

1 브란트 앤드 브란트 에이전시의 담당자.

2 미국의 정치·문화 잡지.

3 1864~1865년에 쓰인 찰스 디킨스의 마지막 작품.

리가 레이먼드 챈들러가 그려내는, 잔인하고 신경질적인 살인자와 사립탐정 들의 캘리포니아를 기꺼이 받아들이듯이" 운운. 어떤 작가는 웬 전위적인 잡지에서 나를 "잔혹한 행위들의 카토[3]"라고 썼더군요. 어쨌든 이런 간행물에 글을 쓰는 고매하신 지성인들 눈에 띄었다는 명백한 영광을 떠나서—그리고 내가 그들을 잘 이해해야만 하는 까닭은, 수년 동안 나도 그들 중 하나였기 때문이죠—나는 그 사람들이 유머 감각은 뒀다 어디다 쓰는지 이해할 수가 없더군요. 다른 말로 해 볼까요? 왜 미국인들은 가장 감정 전환이 빠른 인종이면서, 내 글에서 강렬한 희극적 요소를 보지 못하는 걸까요? 아니면 지성인들만 놓치고 있는 걸까요? 현실감에 대해서라면, 내 생각엔, 이 구름 위에 사는 사람들은 자기가 사는 세계나 디킨스가 살았던 세계를 그리 잘 아는 것 같지는 않아요. 추리소설에는 아주 강한 환상적 요소가 있죠. 어떤 종류의 글이든 그 안에는 적절한 공식 내에서 움직이는 요소가 있어요. 추리소설가의 재료는 멜로드라마입니다. 사람

---

3 1947년, 역시 《파티잔 리뷰》에 실린 글. 필자는 플린트(R. W. Flint)라는 인물로 알려졌으며, 그는 챈들러의 필립 말로를, 미국 중산층의 실존주의 맥락에 등장한 인물이라 평했다. 카토는 카이사르에 대항해 공화정 시대의 전통을 고집하던 로마의 정치가.

이 실제 삶에서 일반적으로 경험하는 수준을 넘어설 정도로 폭력과 두려움을 과장하는 겁니다. (나는 일반적이라고 했습니다. 나치 강제수용소에서의 삶을 일반화하는 작가는 없습니다.) 작가가 사용하는 수단이 현실적이라고 하는 말은, 일반적으로 이런 장소에서는 이런 사람들에게 이런 일들이 일어난다는 뜻입니다. 하지만 이때의 리얼리즘은 피상적입니다. 잠재적인 감정은 과장돼서 불어나고 시간과 행위가 압축되면서 개연성이 뒤틀리죠. 실제 그런 일이 일어난다 해도, 그렇게 빨리, 그렇게 빈틈없이 논리적인 구조로, 그렇게 밀접하게 결합된 집단의 사람들에게 일어나지는 않을 겁니다.

(1949년 3월 11일)

챈들러
스타일

알렉스 배리스[1]에게.

우리는 바다에서 길 하나 건너 구석에 있는 제법 큰 단층집에서 살고 있어요. 아마 당신은 잘 모르겠지만, 라호야는 샌디에이고 북쪽 끝에 위치한 곳으로 덥지도 춥지도 않지요. 그래서 관광객이 모이는 철이 두 번인데, 한 번은 겨울, 한 번은 여름이에요. 이 년 전에는 마을이 아주 조용하고 폐쇄적이고 물가가 비싼데다, 비오는 2월 일요일 오후의 밴쿠버 빅토리아만큼이나 지루했지요, 지금은 그저 물가가 비쌀 뿐이지만. 여기는 바다가 아

---

1 캐나다인 저널리스트. 이 편지는 잡지 《뉴 리버티New Liberty》의 인터뷰 요청에 대한 답장이다.

주 기괴한 모양으로 깎아 놓은 낮고 부드러운 사암 절벽과 자갈밭은 많지만, 마을 북쪽 끝을 제외하면 해변은 거의 없어요. 거기는 우리가 사는 이 아래쪽보다 훨씬 많이 알려져 있죠. 우리집 거실에는 전망 창이 있어서 만灣 너머 남쪽으로 포인트 로마와 샌디에이고의 서쪽 지역이 보이고, 밤이면 불빛이 길게 늘어선 해안선이 마치 무릎 위에 드리워지는 듯합니다. 우리 라디오작가가 한번 나를 만나러 여기 내려온 적이 있는데 이 창 앞에앉아서는 풍경이 무척 아름답다며 울더군요. 하지만 우리는 여기 살고, 아주 지긋지긋해요.

매일 무얼 하며 지내냐고요? 쓸 수 있을 때는 쓰고, 쓸 수 없을 때는 안 쓰죠. 대개 아침이나 이른 오후 무렵에 글을 씁니다. 밤이면 무척 현란한 생각들이 떠오르는데 지속은 안 돼요. 오래전에 그 사실을 깨달았죠. 작가들이 영감을 기다리지 않는 법에대해 쓴 소소한 글들을 늘 보고 있습니다만, 비가 오나 날이 맑으나, 숙취에 시달리든 팔이 부러졌든, 그 사람들은 그저 매일아침 여덟시에 자기들의 작은 책상에 앉아 할당량을 채우지요. 머리가 얼마나 텅 비었건 재치가 얼마나 달리건, 그들에게 영감따윈 허튼 소리. 찬사는 보내지만 그들이 쓴 책은 조심스럽게 피하겠습니다. 나로 말하자면, 나는 영감을 기다리는 편입니다. 굳이 영감이라고 명명할 필요는 없지만요. 생명력을 지닌 글은 모두 가슴[2]에서 나온다고 생각해요. 한편으로는 대단히 피곤하고 지칠 수도 있는 고된 일이지요. 의도적인 노력이라는 측면에서는 전혀 일이 아니지만. 중요한 건, 전업 작가라면 적어도 하루에 네 시간 이상 일정한 시간을 두고, 그 시간에는 글쓰기 외에는 아무 일도 하지 말아야 한다는 겁니다. 꼭 글을 써야 할 필요는 없어요. 내키지 않으면 굳이 애쓰지도 말아야 합니다. 그저 창밖을 멍하니 바라보거나 물구나무를 서거나 바닥에서 뒹굴어도 좋아요. 다만 바람직하다 싶은 다른 어떤 일도 하면 안 됩니다. 글을 읽거나, 편지를 쓰거나, 잡지를 훑어보거나, 수표를 쓰는 것도 안 돼요. 글을 쓰거나 아니면 아무 일도 하지 말 것. 학교에서 규칙을 지키는 것과 마찬가지 원칙입니다. 학생들에게 얌전히 있으라고 하면 심심해서라도 무언가를 배우려 하죠. 이게 효과가 있답니다. 아주 간단한 두 가지 규칙이에요. 첫째, 글을 안 써도 된다. 둘째, 대신 다른 일을 하면 안 된다. 나머지는

2 챈들러가 실제로 쓴 표현은 복강신경총(혹은 태양신경총Solar Plexus)이다. 오히려 이해가 어려운 말이라 '가슴'으로 순화했지만, 실제로는 우리가 흔히 명치라고 부르는 부위에 모여 있는 복강 내 신경계를 뜻하는 말로, 의학적으로는 수많은 신경전달물질들이 이 부위에서 합성, 방출되어 '제2의 뇌'라고도 한다고. 종교적으로는 힌두교 등에서 육체적인 힘과 지혜의 원천이 되는 마니푸라 차크라의 위치라고도 한다.

저절로 따라오게 마련입니다.

나는 매스컴의 관심이 싫습니다. 지금까지 많은 인터뷰를 해왔지만 시간 낭비였다고 생각해요. 인터뷰에 내 이름을 달고 나인 척 나오는 남자는, 대개 내가 알지도 못하는 웬 비열한 놈이더군요. 나는 어쩌다 미국 속어에 호감을 갖고 있는 지적인 속물인데, 라틴어와 그리스어를 익히며 자랐기 때문입니다. 미국 말을 마치 외국 언어처럼 배워야 했죠. 속어를 문학에 사용하는 것은 그 자체로 연구감입니다. 나는 문학에 쓸 만한 속어가 딱 두 가지라는 걸 깨달았죠. 언어 속에서 스스로 자리 잡은 속어와 작가가 만들어 낸 속어. 나머지는 인쇄되기도 전에 사라져 버립니다. 하지만 그 문제에 대해서는 이쯤에서 그만두는 게 낫겠어요, 그렇지 않으면 일주일 내내 편지를 써야 할 테니까.

(1949년 3월 18일)

◆ 챈들러의 팬을 자처하는 무라카미 하루키가 이 글을 들어 젊은 시절, '챈들러 방식'이라는 제목의 소소한 에세이를 쓴 적이 있다. 하루키는 다시 한번 읽어 보고 싶지만 출처가 기억나지 않는다고 했는데, 바로 이 편지다.

촉매제로써의
탐정

제임스 샌도에게.

만일 충분히 압도적인 탐정을 창조할 수 없다면, 탐정에게 많은 위험과 감정 들을 부여해서 어느 정도까지는 이야기를 보완해야 한다는 건 인정합니다. 하지만 그건 한 발 전진이 아니라한 발 후퇴하는 거지요. 요는, 탐정은 완전한 존재로 어떤 사건에도 영향을 받지 않는다는 것입니다. 탐정은 탐정으로서 이야기 밖에, 이야기 너머에 있고 언제나 그럴 것입니다. 그래서 먹고 자고 자기 옷을 보관할 장소를 소유하는 것 외에, 탐정은 연애를 하지도 않고, 결혼을 하지도 않고, 어떤 사생활을 누리지도 못하는 겁니다. 탐정의 도덕적이고 지적인 힘은 보수 외에는 얻는 게 없는데도, 자기가 할 수 있는 한 무고한 자들을 보호하고, 약자를 수호하며 악당을 쳐부술 것이라는 데서 나옵니다. 그리고 이 타락한 세계에서 간신히 생계를 이어가면서도 이런 일을 해야만 한다는 사실이 그를 특별하게 만들죠. 부유한 게으름뱅이는 명예 말고는 잃을 게 없어요. 프로는 도시 문명이 가하는 모든 압박을 받으면서도 그 모든 압박을 딛고 일어나 자신의 일을 해야만 합니다. 법이 아니라 정의를 대변하기 때문에 때로는 법을 무시하거나 어겨야만 하지요. 사람이기 때문에 상처를 입거나 기만당하거나 속을 수도 있습니다. 정말로 필요하다면 죽음을 당할 수도 있어요. 하지만 탐정은 자신을 위해서는 아무것도 하지 않아요. 물론 이런 탐정이 실제로 존재하지는 않죠. 실제 탐정은 화재 보험사에서 나온 볼품없는 조사원이거나, 곤봉만큼이나 인격이 없는 불한당이거나, 그도 아니면 악덕 변호사나, 성공한 사기꾼이니까요. 도덕 수준은 교통 정지 표지판 정도 될까 싶지요.

탐정소설은 지금도 그리고 앞으로도 절대 '탐정에 대한 소설'은 아닐 겁니다. 탐정은 오로지 촉매제로 이야기에 첨가될 뿐입니다. 그리고 이전과 정확히 같은 모습으로 이야기에서 빠져나가는 겁니다.

(1949년 5월 12일)

대중적이지 않은
예술은
있을 수 없다

제이미 해밀턴[1]에게.

마음이 굉장히 불편합니다. 의욕도 잃은 것 같고 아무 생각도 나지 않아요. 《파티잔 리뷰》에 실린 심오한 논의들을 읽었습니다. 예술이란 무엇인가, 문학이란 무엇인가, 멋진 삶과 자유주의며, 릴케와 카프카의 지위는 최종적으로 어디인가, 그리고 에즈라 파운드가 볼링겐 상을 받는다[2] 등등. 나한테는 그 모든 게 도무지 의미가 없어 보였습니다. 아무렴 어떻습니까? 이런 사람들 중 누가 무엇을 하고 말고가 중요하다기엔, 훌륭한 사람들이 너무 많이, 너무 오래전에 죽었어요. 사람은 무엇을 위해 일을

---

1 제임스 해미시 해밀턴. 레이먼드 챈들러의 영국 쪽 출판을 맡았던 영국 출판
   사 해미시 해밀턴 대표.

할까요? 돈? 그렇죠. 하지만 지극히 소극적인 의미지요. 돈이 없으면 아무것도 할 수 없지만 돈이 생긴다고 해서(한 재산 생긴 다는 의미는 아닙니다, 일 년에 몇 천 파운드 정도), 돈만 세고 앉아서 흐뭇해하지만은 않으니까요. 우리가 얻는 모든 것은 무엇을 얻고자 하는 동기를 사그라뜨립니다. 나는 위대한 작가가 되고 싶은가? 나는 노벨 문학상을 타고 싶은가? 그렇게 힘들게 일하지 않아도 된다면야. 도대체 말이죠, 이류급 작가들한테 노벨상을 남발하니 나까지 관심을 갖게 되는 겁니다. 게다가 스웨덴까지 가야 하고 차려입어야 하고 연설도 해야 하고. 노벨 문학상이 그럴 가치가 있을까요? 흥, 아니죠.

대중적인 취향을 반영하지 않는 예술은 있을 수 없습니다. 그

---

2 볼링겐 상은 미국 내 가장 권위 있는 시 문학상으로, 현재는 예일 대학에서 주관하고 있다. 시인 에즈라 파운드(Ezra Pound, 1885~1972)는 1949년 볼링겐 상의 첫 번째 수상자로 선정된다. 당시의 주관 단체는 미국의회도서관이 설립한 볼링겐 재단이었는데, 문제는 파운드가 제2차 세계대전 기간에 파시스트의 선전 활동에 앞장섰다는 것이다. 게다가 수상이 결정된 당시에는 반역죄로 미군에 체포된 뒤 정신 이상 증세를 보여 정신병원에 수감되어 있는 상황이었다. 당연히 파운드의 수상을 둘러싸고 많은 논란이 있었다. 이 상의 선정에 미국 내 파시스트 지지자들의 입김이 있었을 거라고 주장하는 이들이 있는가 하면, 정치 활동을 제외하고 문학적인 성과만 고려한 결과라고 얘기하기도 한다.

리고 사회 구조 전반에 걸친 스타일과 특성을 감지하지 않고는 대중적 취향을 알 수가 없지요. 희한하게도 스타일에 대한 이런 감각은 교양과는 상관없고, 심지어는 인간성과도 거의 상관이 없는 듯해요. 야만적이거나 천박한 시대에도 스타일은 존재할 수 있어요, 하지만 북 오브 더 먼스 클럽[3], 허스트 프레스[4], 코카콜라 자판기 세대에는 존재할 수 없지요. 예술은 노력하고, 엄밀한 기준을 두고, 세부 내용을 비판하고, 플로베르[5]의 방식으로 생산할 수는 없어요. 작품은 아주 자유롭게, 거의 무심한 태도로, 그리고 자의식 없이 생산되는 겁니다. 그저 책을 많이 읽

---

3 1926년 설립된 미국 최대의 회원제 도서 통신 판매 회사. 설립 초기에는 대학 교수, 평론가, 베스트셀러 작가 등 다섯 명의 문인으로 구성된 선정 위원이 이달의 도서를 선정해 가입한 독자들에게 보내주었다. 이달의 도서로 선정된다는 것은 책에 대한 품질 보증이나 다름없었기 때문에, 독자의 취향이 무시되고 출판 시장이 왜곡된다는 비판에도 불구하고 큰 성공을 거두었다.

4 신문사로 출발해서 현재 《하퍼스 바자》, 《코스모폴리탄》, 《에스콰이어》 등의 잡지 및 방송국 등을 소유한 미디어 그룹.

5 귀스타브 플로베르(Gustave Flaubert, 1821~1880)는 면밀한 자료 수립과 현지 조사를 통해, 작가의 주관이나 개성을 반영하지 않고 철저히 객관적이고 사실적인 글을 써야 한다고 주장하며 오늘날 자연주의 문학의 기반을 마련하였다. 대표작으로 『보바리 부인』이 있다.

는다고 해서 글을 쓸 수 있는 것은 아닙니다.

(1949년 7월 17일)

독자는
신경 쓰지 말라는
멍청한 말

폴 브룩스[1]에게.

당신은 내가 몇 작품 빼고 싶어 할 거라고 확신하는군요. 다시 말해서 형편없다는 얘기겠죠. 어떤 게요? 내가 과연 좋은 심판인지 의심스럽군요. 뭐, 탁 까놓고 얘기해 봅시다. 촌스럽다, 지루하다 싶은 게 있으면 빼요. 고칠 수 있는 사소한 부분이라면 고쳐 보지요. 플롯에 문제가 있다면 그건 못 고치고. 「협박자는 쏘지 않는다Blackmailers Don't Shoot」는 집어넣어요. 내가 처음 쓴 거니까. 그걸 쓰는 데 오 개월이나 걸렸는데, 다섯 편쯤 쓸 법한 행동이 들어간 데다 작품 전체가 망할 허세로 가득하죠. 「밀고자

---

1 챈들러의 초기작들을 모아서 출간하겠다는 계획에 대한 답장.

「Finger Man」는 내가 마음 편히 쓴 첫 소설이에요. 「거만한 놈 죽이기Smart Aleck Kill」와 「협박자는 쏘지 않는다」는 순전히 모작이고. 처음 소설을 쓰기 시작했을 때 나는 재능이 전혀 없다는 아주 큰 단점이 있었어요. 인물들을 적절히 넣었다 뺐다 할 수가 없었죠. 인물들은 자기 역할을 잃어버렸고 나도 그랬어요. 한 장면에 인물이 둘 이상 모이면 나는 그중 하나는 살려 두질 못했죠. 물론 아직도 그런 단점이 다소 남아 있어요. 책상을 두고 마주 앉아서 서로 거드름 피우고 있는 사람이 둘만 주어져도, 나는 행복할 겁니다. 등장인물이 많은 장면은 그냥 어찌해야 할지 모르겠어요. (제법 유명한 작가 몇도 나랑 같은 문제가 있어요. 다만 그 사람들은 그걸 모르고 나는 알 뿐이지.) 애초에 작가한테, '독자는 신경 쓰지 마라. 그저 쓰고 싶은 것을 써라'라고 조언한 멍청이가 누군지 모르겠습니다. 어떤 작가도 무언가를 '쓰고' 싶어 하지 않아요. 어떤 효과를 재연하거나 표현하길 원하지요. 다만 시작할 때 어떻게 해야 하는지 전혀 감을 잡지 못할 뿐입니다.

(1949년 7월 19일)

프로 작가가
된다는 것

칼 브란트에게.

나는 '아직 아닌 작가'들을 많이 봐 왔습니다. 당신도 분명 많이 알고 있겠죠. 하지만 당신 같은 직종에서 일한다면, 가능한 빨리 그 사람들에게서 벗어날 수도 있겠지요. 반면에 나는 그중 몇몇을 제법 잘 압니다. 그 사람들한테 시간과 돈을 꽤 들였는데 항상 쓸데없는 낭비로 끝났지요. 잠깐은 팔리는 것 같아도 금방 남의 연료를 태워 달리고 있었음이 드러나더군요. 이런 경우의 작가들이 가장 구제불능이지요. 그들은 프로 작가가 되기를 너무도 간절히 바라기 때문에, 조금만 띄워 주면 스스로 프로 작가라고 생각해 버려요. 그 풀턴 아워슬러[1]가 편집을 맡았던…… 이름이 뭐더라, 잊었는데. 반쯤은 슬릭[2] 같은 잡지를 내는 출판사 맥패든에 단편 소설 하나를 판 사람이 있었어요. (덧붙이자면,

대부분은 내가 써 줬어요.) 그런데 어떤 별 볼일 없는 회사에서 그 영화 판권을 오백 달러에 사서 샐리 랜드[3]가 출연하는 아주 저열한 B급 영화로 만들었더군요. 그랬더니 이 친구가 술을 잔뜩 마시고는 자기 작가 친구들 모두를 멸시하며 돌아다닙디다. 그 친구들은 펄프 작가들이라는 거죠. 그리고 그 사람은 이 년쯤 뒤에 펄프 잡지에 단편을 하나 팔았는데, 상업적인 관점에서 보자면 문학에 대한 그의 기여도는 거기까지가 끝인 것 같습니다. 그 친구와 그 아내가 스토리에 대해 얘기하고 분석하는 걸 듣다 보면, 작가가 자기가 써먹지도 못할 기교를 얼마나 많이 알 수 있는지 깨달을 수 있지요. 재능이 충분하다면 본질이 없이도 어느 정도 그럭저럭 해나갈 수도 있겠지요. 그리고 본질이 알차다면 재능이 없어도 어느 정도 그럭저럭 해나갈 수 있을 것이고. 하지만 그 둘 다 없이는 해 나갈 수가 없는 겁니다. 이 '아직 아닌 작가'들은 아주 비극적인 인물들이죠. 지적일수록 더욱 비극

1 미국의 기자이자 비평가.

2 슬릭 잡지(Slick Magazine)는 펄프 잡지와 대조적으로 고급스러운 종이에 인쇄하여 상류층과 지식층을 대상으로 했던 고급 잡지들을 말한다. 펄프 잡지와는 일종의 대척점에 있었다.

3 벌레스크 댄서이자 배우.

적이에요. 그들은 자신이 나아가지 못한 게 아주 작은 한 걸음이라고 생각하는데, 실제로도 그렇기 때문입니다. 그리고 모든 성공한, 혹은 크게 성공한 작가는, 자신이 나아갈 수 있었던 한 걸음이 얼마나 작은 차이였는지 알고 있고, 알아야만 합니다. 하지만 할 수 없는 건 할 수 없는 거죠. 그뿐입니다.

(1951년 2월 13일)

작가가
되고 싶은
사람에게

H. R. 하우드[1]에게.

나는 누구에게도 작가가 되어라, 되지 마라라고 할 수 없습니다. 일반적인 믿음과 반대로 작가란 몹시 고된 직업이고, 어떤 식으로든 괜찮다 싶은 수입을 올릴 정도로 성공한 사람은 극소수예요. 펄프 잡지가 쇠퇴한 덕에 초보자들이 과거보다 한층 더 어려워지게 되었지만, 과거에도 그저 어려운 일이긴 했어요. 하지만 당신의 특수한 환경들이 그러하니, 글 쓰는 일이 물리적으로 형편에 맞는다는 건 잘 알겠습니다. 적어도 앞으로 한동안은 글로 먹고살지 않아도 되길 바랍니다. 글로 먹고살 가능성은 아

1 작가가 되고 싶다며 조언을 구한 독자.

주, 아주 낮습니다.

당신은 "초심자가 이행해야만 하는 서사 기법의 근본적인 원칙에 대한 즉각적인 교육"을 준비하고 있다고 했죠? 내 경험을 바탕으로 경고하자면 스스로 터득할 수 없는 작가는 다른 사람들에게 배움을 얻을 수도 없습니다. 그리고 나는 유명 학교의 공개강좌를 제외한, 일반적인 창작 교육에 대해 대단히 회의적입니다. 무엇보다 그런 강좌들은 모두 소위 '작가들의' 잡지라는 데에 광고되고 있죠. 그 사람들은, 당신이 이미 출간된 다른 작가들의 작품을 연구하고 분석해서 알아낼 수 없는 건 하나도 가르치지 않을 겁니다. 분석하고 모방해 봐요. 다른 교육은 전혀 필요치 않습니다. 다른 사람들의 평가가 도움이 된다는 건 인정해요. 때로는 필수적이기도 하죠. 하지만 그걸 위해 돈을 내야 한다면 대체로 수상쩍은 겁니다.

플롯을 세우고 개요를 정하는 방법에 대해서라면, 전혀 도울 수 없을 것 같군요. 나는 종이에 무언가를 쓰면서 플롯을 세운 적이 없습니다. 글을 쓰면서 머릿속으로 플롯을 구성해요. 대개는 잘못해서 전부 다시 해야 하지요. 글을 쓰기 전에 아주 세세하게 플롯을 구상하는 작가들이 있지요. 하지만 나는 그런 작가가 아닙니다. 나에게 플롯은 만드는 게 아닙니다. 자라나는 거지요. 플롯이 자라나길 거부하면 그 작품은 버리고 다시 시작합니다. 어쩌면 청사진을 두고 글을 쓰는 사람에게 더 유용한 조언을 얻을 수 있을 겁니다. 그러길 바랍니다.

(1951년 7월 2일)

스타일이
모방되거나
심지어
표절되다 보면

버니스 바움가르텐에게.

오늘 아마도 항공 우편으로 『기나긴 이별』이라고 이름 붙인 소설 초고를 보낼 겁니다. 구만이천 단어 정도예요. 의견이든 이의든, 뭐든 들을 수 있다면 기쁘겠습니다. 약간 교정을 하고 비서가 물어본 세부 사항들을 확인한 것 외에는 나도 아직 읽어 보지 않았습니다. 그래서 작품에 대한 어떤 생각도 보내지 않습니다. 전개가 느리다고 생각될지도 몰라요.

나는 한동안 문학적인 측면에서 추리소설을 볼 때 이야기가 따분한 주된 이유가, 인물들이 이야기의 삼분의 일 지점쯤에서 길을 잃기 때문이라고 확신했지요. 주로 시작 부분, 연출, 배경 설정은 아주 좋은데 플롯이 복잡해지면 인물들이 단순한 이름들이 되어 버려요. 그렇다면, 이를 피하기 위해 무엇을 할 수 있을까? 행동만 끊임없이 추가할 수도 있지요. 그게 정말 마음에 든다면 그것도 괜찮습니다. 하지만 아아, 사람은 성장하기 마련이고, 사고가 복잡해지고 확신이 무디어지면서, 누가 누구의 머리통을 날렸는지보다는 도덕적인 딜레마에 더 흥미를 느끼게 되지요. 그리고 그때가 되면 작가는 은퇴해서, 어리고 더 단순한 사람들에게 무대를 내주어야 합니다.

어쨌거나 이번 이야기는 쓰고 싶었던 대로 썼습니다. 이제는 그렇게 쓸 수 있으니까요. 미스터리가 선명하게 드러나는가 하는 점에는 그다지 신경 쓰지 않았습니다. 다만 사람들에, 우리가 살고 있는 이상하고 부조리한 세계에 신경을 썼지요. 그리고 정직하려고 애쓰는 사람이 결국에는 어떻게 감상적으로, 내지는 더없는 바보로 보이게 되는가 하는 문제에도. 이 얘긴 이 정도로 하죠. 사실 그보다 더 현실적인 이유가 있습니다. 스타일이 모방되거나 심지어 표절되다 보면, 마치 내가, 나를 모방하는 이들을 모방하고 있는 것처럼 보이는 순간이 오거든요. 그러니 그들이 따라잡을 수 없는 곳으로 가야만 하는 겁니다.

(1952년 5월 14일)

◆ 『기나긴 이별』을 쓸 당시, 챈들러는 아내 시시 챈들러의 병세를 알고 몹시 힘든 상태였다. 시시는 1948년에 폐 섬유증 진단을 받았다. 당시 상황에 대해 챈들러는 훗날 편지에 이렇게 썼다.

"나는 아내가 조금씩 죽어 가는 모습을 지켜봤고, 그 사실을 안다는 고뇌 속에서 내 최고의 책을 써야 했으며, 그럼에도 써 냈습니다. 어떻게 그럴 수 있었는지 모르겠어요. 나는 서재에 들어가 눈을 감고는 생각을 모아 스스로를 다른 세계로 이끌었지요. 그러는 데 적어도 한 시간은 걸렸습니다. 그런 다음에야 작업을 시작했습니다." (1957.2.11.)

『기나긴 이별』은 1953년 영국에서 먼저 출간되었고, 챈들러의 최고작으로 평가받고 있으며, 시시 챈들러는 1954년에 사망했다.

추리소설은
돈벌이로 쓴다는
관점

힐러리 와프[1]에게.

여기[2]서는 나를 추리소설 작가가 아니라 미국의 중요한 소설가로 생각해 줍니다. 어느 정도 중요한지는 말할 수 없겠네요. 그 비중이 상황에 따라 다르니.

영국에서 스릴러 작가는, 잘 쓰기만 하면 다른 작가와 마찬가지로 그저 잘 쓰는 작가입니다. 스타일이나 다른 어떤 진짜 재능도 없는, 사류쯤 되는 이른바 심오한 소설 작가를 문학 전체를 재창조하는 데 이바지했을지 모를 추리소설가보다 당연히 우월하게 여기는 속물근성이 전혀 없어요. 사람들, 그것도 교양 있

---

1 범죄 소설 작가.

2 런던.

는 영국 사람들이 꽤 고급 호텔인 여기로 나를 만나러 와서는 자기들을 소개하고 내 책 덕에 즐거웠다고 감사 인사를 하지요. 어쩐지 미국에서는 이런 지위에 오를 날이 올 것 같지 않군요. 분명 내 시대에는 오지 않을 겁니다. 범주를 나누고자 하는 우리의 본능이 너무 강하지 않나 싶어요. 지적으로 무시하는 풍조도 본질적으로 너무 크고. 소규모 베스트셀러나 북클럽 선정 도서가 아니면 거들떠보지도 않죠.

나도 그저 그런 추리소설이 너무 많다는 데는 동의하지만, 엄밀하게 보면 모든 종류의 책들이 다 그저 그렇습니다. 하지만 추리소설은 돈벌이로 글을 쓰는 작가들이나 쓴다는 관점은 결코 수용해서는 안 됩니다. 우리 중 가장 형편없는 작가들은 매 장章마다 피를 흘립니다. 우리 중 최고의 작가들도 새 책을 쓸 때 매번 바닥부터 시작해요. 돈벌이로 글을 쓰는 작가란 자신이 하는 일이 가치 없는 줄 알면서도 돈을 벌기 위해 기능적으로 무언가를 하는 사람들이죠. 내가 만난 어떤 추리소설가도 자신이 하는 일이 가치 없는 일이라고 생각하지 않았습니다. 그저 좀 더 잘 쓸 수 있기만을 바랄 뿐이죠.

나는 어쩌다 운이 좋은 사람들 쪽에 서게 되었는데, 정말이라니까요, 이 일에는 운이 필요하답니다.

(1955년 10월)

나는
어떻게
글을 쓰게
되었나

제임스 하워드[1]에게.

1931년에, 아내와 나는 크루즈를 타고 태평양 연안을 아주 느 긋하게 돌아보고 있었지요. 밤이면 그저 좀 읽을거리를 찾아서 펄프 잡지를 집어 들곤 했어요. 그러다 갑자기 나도 이런 걸 써 서, 공부를 하면서 동시에 돈을 벌 수도 있겠다 싶은 생각이 들 었습니다. 첫 단편을 쓰는 데는 오 개월이 걸렸는데, 다른 작가 들이 끝끝내 시도하기를 거부했던 방식을 썼죠. 어떤 이야기를 분석해 줄거리에 대해 아주 세세하게 시놉시스를 쓴 다음 그걸 소설로 옮겼습니다. 이를테면 가드너[2]의 작품이라든가. 그는 내

---

1 어떻게 범죄소설을 쓰게 되었냐는, 미국미스터리작가협회(MWA)에서 보내 온 편지에 대한 답장.

좋은 친구이기도 하죠. 아무튼 그런 다음 전문가들의 작품을 보면서, 내가 어떤 부분에서 효과를 살리지 못했는지, 혹은 속도감을 맞추지 못했는지, 또 다른 실수는 없는지 비교해 봤어요. 그러고는 그 작업을 다시 반복하고 또 반복했죠. 하지만 당신한테 글을 쓰는 법을 알려 달라고 하는 친구들은 그런 일은 하지 않을 겁니다. 그 친구들의 바람대로라면, 자기들이 쓰는 건 전부 출판되어야만 하니까요. 그 친구들은 아무것도 희생하지 않고 얻으려고만 해요. 하고 싶은 것과 할 수 있는 것은 전혀 다르다는 걸 몰라요. 바닥부터 시작해야 한다는 개념이 없지요. 과거에 이룬 성과가 무엇이든, 작가는 지금 현재 하려고 하는 일 앞에서 다시 아이가 됩니다. 아무리 상투적인 기교를 많이 익혔다 한들, 작가에게 지금 도움이 되는 것은 열정과 겸손함뿐입니다.

(1957년 3월 26일)

2 페리 메이슨 시리즈로 큰 인기를 누렸던 얼 스탠리 가드너(Earl Stanley Gardner, 1889~1970)는 당시 작품량이나 판매량에서 해밋이나 챈들러를 압도하는 작가였다. 챈들러는 가드너의 소설을 읽으며 글 쓰는 법을 연구했다고 여러 번 언급했으며, 가드너에게 직접 "나는 당신 이야기의 시놉시스를 아주 세밀하게 정리해서 그걸 다시 글로 쓰고, 그런 다음 내가 쓴 것과 당신 작품을 비교해 보고 고치고 다시 좀 더 쓰고 그렇게 계속 반복했습니다"라고 쓰기도 했다(1939.5.5.).

2장

작가들

애거서 크리스티의
명예를
위하여

조지 하먼 콕스[1]에게.

순전히 당신의 추천 때문에 애거서 크리스티의 『그리고 아무도 없었다』를 읽었습니다. 그 구성 방식 때문에 '독자를 속일 수 없는' 완벽한 범죄 소설이라고 하도 광고를 해대서 읽은 다음에는 한번 분석을 해 보았지요. 처음 반 정도, 특히 그 시작 부분은 오락거리로서 좋았습니다만 나머지 반은 밋밋하더군요. 하지만 범죄 소설이 정직하다는 건, 독자에게 공정한 기회와 동기를 부여하고 살인의 수법이 정상적이라는 뜻이죠. 이 책은 엉터리예요. 특히 이 책의 기본적인 개념이 아주 거슬립니다. 여기 한

---

1 《블랙 마스크》의 동료 작가.

판사가, 법률가가 있는데, 그 남자는 고작 전해 들은 이야기를 증거로 사람들에게 유죄를 선고하고 사형을 내려요. 이야기 속 어떤 사건에서도 그중 누군가가 실제로 살인을 저질렀다는 증거는 조금도 없습니다. 모든 사건에 단지 누군가의 의견이 있을 뿐. 하지만 아무리 확실한 심증이 있다 한들 실제 증거가 존재하지 않지요. 그들 중 몇몇은 자기 죄를 인정했지만 이건 살인이 모두 계획되고 이미 판결에 들어가 선고가 내려진 다음이었죠. 말하자면 더없이 완벽하고 뻔뻔하게 독자를 속인 겁니다. 범행의 과정을 더 세세하게 따지지는 맙시다. 순전히 운이 좋아야 성립할 수 있는 범행이고, 사실 일부는 아예 불가능[2]하니까요. 게다가 치명적인 약물과 그 반응에 대해서도 심각할 정도로 무지함을 드러내더군요. 그래도 이 책을 읽게 되어 기쁩니다. 마침내 마음속에 남아 있던 의문 한 가지를 완전히 걷을 수 있었으니까요. 고전적 추리소설을 극도로 정직하게 쓰는 일이 가능한가라는 의문이었죠. 답은 불가능하다였어요. 혼란을 일으키기 위해서 단서며, 타이밍, 우연의 일치 등을 조작해야 하고, 가능성

---

2 이 작품은 애거서 크리스티의 대표작으로 꼽히지만, 크리스티 본인도 '실현 불가능에 가까운 플롯'이라 인정한 바 있다.

이 많아 봐야 오십 퍼센트인데도 확실히 가능하다고 가정해야 하죠. 뜻밖의 살인자를 만들기 위해 성격을 속이기도 하던데, 그 점이 나한테는 가장 충격적입니다. 나는 그래도 분별력이 있거든요. 사람들이 이런 게임을 계속하고 싶다면 그것도 나쁘지 않습니다. 하지만 제발 정직한 추리소설에 대해서는 논하지 말기로 하죠. 그런 건 존재하지 않는 겁니다.

잠깐 숨 좀 돌리고.

내 책의 제목은 '두 번째 살인자[3]'가 아닙니다. 당신과 전에 이야기를 나눴을 때 내가 염두에 뒀던 제목은 그게 아니었어요. 글을 쓰는 동안 가제로 삼기는 했지만 마음에 들지 않았죠. 크노프 부인은 마음에 들어 했지만. 그 이름으로 공고가 됐는지도 몰랐습니다. 최종 원고를 넘기자 제목이 전혀 추리소설 같지 않다고 출판사에서 악마처럼 울부짖더군요. 하지만 결국 그들이 포기했답니다. 곧 알게 될 테죠. 나는 그 제목이 이득이 되리라 생각해요. 출판사에서는 손해라고 생각하고. 우리 중 하나가 틀리겠죠. 그 사람들은 사업가니까, 틀리는 건 나여야겠죠. 그런데

---

3 챈들러가 생각한 제목은 『안녕 내 사랑Farewell, My Lovely』이고, 결국 이 제목으로 출간되었다.

나는 지금껏 편집자나 출판사들, 연극이나 영화 제작자들이 대중의 취향을 파악하는 능력을 별로 믿어 본 적이 없습니다. 기록을 보자면 전부 그 반대죠. 나는 항상 최종 소비자인 독자 입장에서 생각하고, 중개자는 무시하려고 하는 편입니다. 나는 이 나라에 교육을 잘 받은 사람들, 그리고 살면서 교양을 쌓은 사람들이 있고, 그 사람들은 내가 좋아하는 것을 좋아할 거라고 생각해요. 물론 진짜 문제는, 책을 전혀 사지 않는 수많은 사람들 역시 내 작품을 읽을 수 있다는 거죠. 내 책은 8월경에 나올 겁니다. 교정쇄는 지독하게 엉망이었죠. 막 교정을 마쳤는데 아직 깔끔한 것 같지가 않군요.

(1940년 1월 27일)

나는
제임스 케인이
싫어요

블란체 크노프에게.

이번 작품 판매에 대한 편지, 매우 감사합니다. 그리고 친절한 점심 초대도 정말 고마워요. 하지만 아아, 슬프게도 내가 비벌리힐스에서 이백 킬로미터나 떨어진 사막에서 살다 보니 문자그대로 갈 수가 없군요. 수년간 나를 기운 빠지게 해 온 부비강염 증세를 없애려고 노력하는 중이죠. 딱히 기대하지는 않지만한번 해 봐야겠다 싶어서요. 당신과 크노프 씨 모두 건강하고 다사다난한 이 시기를 잘 견뎌내기 바랍니다.

『하이 윈도』의 판매량이 기대에 못 미친다니 정말 유감입니다. 지난번에 당신이 여기 왔을 때, 추리소설은 사천 부가 한계라고 했는데요. 그때 그 말이 위로 삼아 한 말이었든지 지금이괜한 불평이든지 둘 중 하나군요. 꼭 더 팔아야만 하는 이유가 뭡니까? 그리고 왜 그렇게 광고에, 그것도 그렇게 부담되는 광고에 돈을 들여야만 합니까? 홍보에 대해선 전혀 모르지만, 크노프 씨가 여기 왔을 때 『안녕 내 사랑』의 홍보비를 알려 줬는데, 내가 보기엔 엄청난 돈 같더군요. 내가 말했죠. "그 돈을 댈수 있습니까?" 그가 말하더군요. "아니요." 그러면서도 계속 그런 식이군요. 왜요? 『하이 윈도』는 그렇게 홍보한다고 해서 어떤 결과가 나올 만큼 인상적이고 독창적인 작품이 아닙니다. 내 다른 작품보다 더 좋다는 사람들도 있지만, 훨씬 덜 좋아하는 사람들도 있죠. 어느 쪽도 소리 지르면서 흥분할 정도의 작품은 아닙니다. 나는 판매량에 실망하지 않습니다. 그럭저럭 괜찮다고 생각해요. 샌더스[1]도 그렇게 생각할 거라고 확신합니다. 다음 책은 좀 더 생생하고 완성도도 높고, 더 속도감이 있기를 바랍니다. 잘 알겠지만, 중요한 건 속도니까요. 논리나 현실성이나 스타일이 아니라. 누군지는 모르겠지만, 윌리엄 아이리시라는 사람이 쓴 『환상의 여인Phantom Lady』이라는 책을 막 다 읽었습니다. 인위적이고 교묘한 플롯에, 소소하긴 하지만 행운의 여신에 기대는 요소들이 지나치게 넘쳐나는 책이지요. 하지만 정말 잘

1 시드니 샌더스(Sydney Sanders). 챈들러의 첫 번째 저작권 에이전트.

썼어요. 모든 인물, 모든 장면에 빈틈이 없고, 과대평가된 다른 많은 작가들처럼 절정에 다다르는 것 같다가 주춤하며 물러서는 일이 절대 없더군요. 어쩌다 이런 식의 글에 무척 감탄하게 되네요. 하지만 이 책은 광고도 본 적이 없는데다, 책에 대한 평가들을 보니 이 책의 기술적인 장점들을 완전히 놓치고 있어요. 내 알 바는 아니지만.

하지만 말했듯이 내 다음 작품은 더 나아지길, 그리고 언젠가는 인기를 끌 만한 생생하고 충격적인 감각을 지닌 작품을 내놓을 수 있기를 바랍니다.

무엇보다 내 다소 예민한 마음으로 바라건대, 내가 거리의 악사 옆에서 재롱떠는 원숭이처럼 대실 해밋이나 케인의 주변을 맴돌지 않아도 되는 날이 왔으면 좋겠습니다. 해밋은 괜찮아요. 그러면 뭐든지 양보할 수 있습니다. 비록 해밋이 이루지 못한 것도 많지만 본인이 손댄 부분에서만큼은 정말 대단했어요. 하지만 제임스 케인이라니, 맙소사! 그가 건드리는 것들은 전부 숫염소처럼 고약한 냄새가 납니다. 그 사람은 내가 싫어하는 모든 요소를 다 지닌 작가예요. '얌체'이자, 기름때 낀 작업복을 입은 프루스트[2]이자, 보는 사람 없는 널빤지 울타리 앞에 분필 하나를 들고 선 지저분한 꼬마예요. 그런 사람은 문학계의 쓰레기입니다. 더러운 것들을 소재로 삼았기 때문이 아니라 더러운 방식으로 썼기 때문에 그렇다는 겁니다. 견고하고 깔끔하고 시원하고 분명한 맛이 전혀 없어요. 대기실에는 싸구려 화장품 냄새가 진동하고 뒷문에는 오물이 넘쳐나는 매춘부의 집 같아요. 도대체 내가 어딜 봐서 그렇단 말입니까?

(1942년 10월 22일)

---

2 『잃어버린 시간을 찾아서』를 쓴 모더니즘의 기수, 마르셀 프루스트(Marcel Proust, 1871~1922)는 천식 때문에 밀폐된 내실에서 침대에 누워 글을 썼다고 한다. 챈들러의 첫 장편 『빅 슬립』에서 한 인물이 '누워서 일하는 프루스트'를 언급하는 장면이 있는데, 챈들러의 페르소나인 말로는 이렇게 받아친다. "그게 누구요?"

케인,
당신의
문제점은요

제임스 케인에게.

서명한 책을 보내 주다니 정말 친절하군요. 매우 감사합니다. 이 사막에 내려온 지 한 달째인데, 운이 나쁘게도 날씨가 별로예요. 답장을 쓰지 못한 핑계를 대는 건 아닙니다. 사실 지난 구 개월 동안 파라마운트에서 일하면서 완전히 녹초가 되어서 편지를 쓸 힘도 없었어요. 그저 앉아서 침울하게 창문 너머 모래 언덕이나 바라봤지요.

워너브라더스에서 『밀드레드 피어스Mildred Pierce』를 만든다니 정말 잘됐군요. 내가 작업할 수도 있었지만, 파라마운트가 나를 내돌리고 싶어 하지 않는 눈치라서. 〈이중 배상〉을 본 사람들은 다 좋아하더군요. (적어도 내게 말했던 사람들은요.) 제법 좋은 영화였던 것 같아요. 일단 이야기가 정서적으로 통일되면 이야기가 쓰인 분위기가 그대로 화면에 옮겨지는 법이니까.

영화로 옮기며 우리가 바꾼 내용들이 당신이 쓴 기본적인 개념에 어긋나는 것 같지는 않습니다. 사실 당신이 직접 바꿨어야 했는데요. 달라진 내용 중 일부가 좀 부족할지는 모르지만, 바꿀 필요가 있었다는 건 분명했어요. 정서적 통일은, 함께 작업한 세 남자가 무엇을 이루고자 하느냐가 아니라, 이루는 방법에만 의견을 달리한 결과입니다.

내가 당신한테 궁금한 부분은, 아마도 당신 스스로도 그런 의문을 거쳐 왔겠지만 당신의 대사입니다. 글로 볼 때는 그 이상 자연스럽고 편안하며 간결할 수가 없는데도, 도무지 연기하기가 쉽지 않아요. 배우 두어 명을 데려와 책 속에 나오는 장면을 바로 연기하게 해 봤는데, 느낌이 너무 와 닿지 않아서 이해할 수가 없었습니다. 그제야 당신이 쓴 대사는 부분적으로만 정상적이고 의미가 있다는 걸 깨달았지요. 나머지는 종이 위에서만 효과가 있어요. 말이 불규칙하게 덩어리져서 빠르게 움직이니 눈으로 볼 때 일종의 폭발적인 효과를 발휘하는 겁니다. 눈으로 읽을 때는 개별적인 대사나 대화 단위가 아니라 글을 덩어리로 읽잖습니까? 그걸 화면으로 옮기자니 이런 효과가 전부 사라지고 표현의 본질적인 유약함만이 예리함을 상실한 채 나타나는 거죠. 영화 관계자들이 말하기를 그게 촬영용 대화와 문학적 대화의 차이라고 하더군요. 화면에 나오려면 모든 게 날카롭고 날이

서 있고, 가능한 축약되어야 합니다. 물론 당신이 나보다 훨씬
더 잘 알고 있겠죠.

(1944년 3월 20일)

대실 해밋은
왜 절필했는가

찰스 모튼에게.

나도 예전에 에세이에서 해밋을 과거 시제로 얘기한 적이 있죠. 그 사람이 그런 식으로 얘기되지 않았으면 좋았겠지만 말입니다. 건강하게 잘 살아 있다는 걸 알지만 글을 쓰지 않은 지가 너무 오래됐어요. 시나리오 두어 개 쓰긴 했지만, 소문에는 그마저도 헬먼[1]이 대신 써 줬다던데 궁금하군요. 그는 할리우드에

---

[1] 릴리안 헬먼은 연극과 영화를 오가며 많은 작품을 남긴 작가로 대실 해밋의 오랜 연인이자 정치 활동의 동반자였다. 챈들러를 비롯해 수많은 탐정소설가들에게 영향을 미친 대실 해밋은 정치 활동에 치중하면서, 1934년 이래 생을 마칠 때까지 새로운 소설을 쓰지 않았다. 사실, 챈들러도 대실 해밋을 《블랙 마스크》 작가들의 저녁 모임에서 한 번 만났을 뿐이다.

입성하며 신을 권좌에서 밀어내려 했던 많은 작가들 중 한 명이었죠. 해밋이 비벌리 윌셔 호텔 스위트룸에 머물 때 있었다는 일화가 생각나는군요. 어떤 사람들이 해밋에게 일을 제안하려고 오전 늦게 방문했답니다. 사환이 나와서 거실로 안내를 했다지요. 그리고 한참 기다린 끝에 안쪽 문이 열리더니 그 커다란 남자가 안에서 나타났는데, 값비싼 실내복을 입고(틀림없이 주머니에 머리글자가 새겨져 있었을 거예요) 목에 스카프를 둘러 멋들어지게 늘어뜨리고 있었다죠. 손님이 열심히 일에 대해 설명하는 동안 해밋은 침묵하고 있다가, 마지막에 정중하게 이렇게 말했다더군요. "싫소." 그러고는 돌아서서 안으로 들어갔고, 문이 닫히고, 사환이 손님들을 밖으로 내몰아 사방이 조용해졌죠. 안쪽 방에서 스카치를 따르는 소리만이 들려올 뿐. 해밋을 본 적이 있는 사람이라면 이 짧은 장면에 담긴 위엄과 비애를 이해할 겁니다. 해밋은 굉장히 기품 있게 생긴 사내죠. 그가 브루클린 억양을 죽이면서 '싫소'라는 한 마디를 내뱉는 장면이 상상되네요. 나는 그 사람이 굉장히 마음에 들었습니다. 그 사람은 경이로울 정도로 술을 잘 마셨는데 숙취가 있는 나로서는 항상 감탄스러웠어요. 그 사람이 작품을 안 쓰다니 대단히 유감이었죠. 왜인지 전혀 모르겠어요. 추측해 보자면, 특정한 스타일 면에서 재능이 고갈된 게 아닌가 싶어요. 그리고 그 스타일을 대신할 다른 무언가를 시도해 볼 만한 지적인 깊이가 부족했던 거죠. 하지만 확신할 수는 없습니다. 나는 그 사람이 과대평가된 동시에 과소평가됐다고도 생각해요. 당신 친구 데일 워런이 최근에 『몰타의 매』를 처음으로 읽고 뭐가 그렇게 대단한지는 모르겠다고 하더군요. 하지만 이런 종류의 글을 워낙 많이 읽은 나로서는 해밋과 그저 거칠기만 한 다른 친구들 사이엔 엄청난 차이가 있어 보여요. 조 쇼 영감이 예전에 해밋은 자기 소설 속 인물들에게 전혀 신경을 쓰지 않는다고 말했을 때, 문제를 정확히 지적했던 건지도 모르죠.

내가 지금 편하게 이 편지를 쓰고 있는지 아닌지 모르겠군요. 이제야 기압에 적응되는 것 같습니다. 여기는 해발 이천 미터 정도 되고, 호수에서 삼십이 킬로미터쯤 떨어진 곳[2]이에요. 훼손되지 않은 자연 그대로라고 말하기는 어렵지만 그래도 아직 의미가 있죠. 공기는 희박하고 사막처럼 건조합니다. (언덕 바로 아래 동쪽으로 모하비 사막이 펼쳐져 있어요.) 매년 이맘때는 아주 조용하고 낮에는 따뜻하지만 밤에는 조금 추워요. 그래서 우

---

2 당시 챈들러는 아내 시시를 위해 캘리포니아 산악 휴양지인 빅베어 호 인근에 머물렀다.

리는 저녁이 되기 전에 딱 한 번 불을 피웁니다. 할 일이 딱히 없어서, 불은 내가 피우죠. 우리가 숲에 가면 나는 쓰러진 나무 기둥을 패거나, 경질 나무나 마호가니 가지를 쪼개서 장작을 모으지요. 마호가니는 아주 단단하고 빨간데 석탄처럼 활활 타오릅니다. 되도록 일 생각은 하지 않으려 하지만 잘되지는 않아요. MGM에 있을 때는 아주 힘들었죠. 정말 힘들었어요. 그 사람들 잘못은 아니에요. 그들은 친절했어요. 처음 이틀은 집에서 일을 했는데 그 회사 규칙에 어긋나는 일인데도 예외로 해 주었죠. 문제는 내가 너무 지쳐서 좋은 시나리오를 쓸 수 없었다는 점이에요. 내 작품으로 작업하는 게 마음에 들지 않았습니다. 그 작품을 쓴 지가 너무 오래된 데다, 시작할 때는 그 사람들이 원하는 게 기껏해야 예비 시나리오일 거라고 생각했거든요. 영화를 찍으려면 아주 오랜 시간이 걸리니까요. 시나리오를 보낼 때가 돼서야 그 사람들이 이 원고를 최종 시나리오로 생각하고 있으며 다른 작가를 붙이지 않으리란 걸 알았습니다. 부담스러워서 초조해지기 시작했죠. MGM이 설립된 이래, 원고를 십삼 주 만에 완성한 적이 한 번도 없었는데, 이제 와서 11월에 갑자기 제작에 들어간다고 하니 말이죠. 끝이 날 무렵이 되어 내가 하루하루 기계적이 되어 간다고 느꼈을 때, 나는 당신들이 실수를 하고 있다, 이 작품에는 구멍이 많고 진부한 구석도 많다고 설명하려고 애썼죠. 정말로 그렇게 빨리 촬영에 들어가고 싶다면 열정적인 작가가 필요하다고. 전혀 효과가 없더군요[3].

(1945년 10월 13일)

---

3 챈들러가 언급한 작품은 〈호수의 여인〉이다. 이후 편지에 따르면 챈들러는 결국 시나리오를 마무리하지 못했고, 〈호수의 여인〉은 이 년 뒤, 다른 사람의 시나리오를 바탕으로 영화화되었다.

얼 스탠리 가드너의
대단함

얼 스탠리 가드너에게.

당신이 쓴 편지 내용은 거의 전부가 충격적이었습니다. 당신 자신이 형편없는 작가라는 생각까지요. 말했듯이 내 앞 책장에는 가드너라고 쓰인 책이 두 줄 가득 들어차 있고, 나는 아직도 당신의 전작을 다 모으려고 서점을 돌아다니곤 합니다. 아마도 나는 좋은 글쓰기의 필수적인 요소에 대해 요즘 논하는 누구보다, 그 주제에 대해 잘 알고 있을 겁니다. 내가 전문적으로 이런 것들을 논하지 않는 이유는 단순히 그럴 가치가 없다고 여기기 때문이죠. 문학적인 비평을 쓰면서 소위 지식인들을 만족시키는 데는 흥미가 없어요. 예술로서의 문학적 비평이란 오늘날 그 반경이 너무 좁고 독자도 너무 제한적이에요. 마치 시처럼. 나는 한때 비판적 사고를 세세하게 즐길 시간이 있었던 구세대의 여

유로운 사람들에게 수다를 떠는 것이 작가의 역할이라고는 생각
하지 않습니다. 요즘 비평가들이라면 밴 브룩스 같은 피곤한 보
스턴 사람[1]이나 페디먼 같은 잘난 척하는 놈, 에드먼드 윌슨처럼
자기 직업의 공허함에 당황해하는 정직한 사람뿐이죠. 독자들은
지적으로는, 잘해 봐야 청소년 수준이에요. 그리고 이런 독자들
에겐 소위 '심오한 문학'도 치약이나, 설사약이나, 자동차를 팔
때와 똑같은 방식으로 팔아야 그나마 팔린다는 게 자명한 사실
이죠. 독자들은 억지로 책을 읽도록 교육받았기 때문에 '심오한'
베스트셀러를 두고 고심한 끝에 재미있고 흥미진진한 책들을 읽
고 싶어 한다는 것도 자명하고. 따라서 제대로 교육받지 못한 모
든 시대 모든 대중이 그랬듯, 독자 집단도 이야기 외에는 아무
말도 하지 않는 사람을 안심하고 따릅니다. 이 사람이 쓰는 것은
문학이 아니라고 해 봤자, 읽고 싶은 기분이 들지 않는 책은 아
무 소용이 없다고 말하는 것과 같은 얘기일 뿐입니다. 어떤 종류
의 책이든 예술적인 느낌을 자아내는 어떤 강렬함을 품고 있다
면, 그것이 문학입니다. 그 강렬함은 스타일에서 나올 수도 있
고, 상황, 인물, 정서적 분위기나 발상, 혹은 다른 수없이 많은

---

1 일반적인 의미로는 보스턴·매사추세츠 지역에 사는 사람을 가리키지만, 여
   기서는 보스턴 일대의 명문대를 졸업하고 교육을 잘 받은 사람을 뜻한다.

요소들 때문일 수 있어요. 또한 위대한 투수가 공을 제어하는 것과 유사하게, 이야기의 완급을 탁월하게 조절하는 능력에서 나올 수도 있지요. 내가 보기엔 바로 그런 완급 조절이 당신의 가장 큰 강점이고 다른 누구보다 뛰어난 점입니다. 뒤마 페르도 그랬죠. 디킨스도 빅토리아 시대 특유의 혼란을 감안한다면 그랬다고 할 수 있고요. 미안하지만, 에드거 월리스[2]는 그런 것 같지 않아요. 그의 이야기는 어느 시점에서 죽어 버려서 꼭 되살려 줘야 해요. 당신의 이야기는 그렇지 않죠. 모든 장면에서 다음 장면을 위한 미끼를 던져 놓잖습니까. 그런 점이 가히 천재적이라고 생각합니다. 나는 스스로 상당히 까다로운 독자라고 생각합니다. 보통 말하는 탐정소설이란 나한테는 아무 의미도 없어요. 하지만 한 가지 분명한 건, 내 의자 옆에 읽지 않은 책이 쌓여 있고 그중에 페리 메이슨 이야기가 한 권 있다면, 나는 페리 메이슨을 먼저 읽고 나머지는 미뤄 두겠어요. 그 책은 훌륭할 테니

---

2 에드거 월리스(Edgar Wallace, 1875~1932). 영국 추리소설가로 킹콩의 원작자이기도 하다. 그는 '에드거 월리스의 플롯바퀴(Plot Wheel)'라는 장치를 발명하여 특허까지 얻었는데, 둥그런 판에 다양한 상황을 적고 판을 돌려서 플롯의 힌트를 얻는 방식이었다. 재미있게도 얼 스탠리 가드너 역시 이런 방식을 물려받아 스스로 '플롯바퀴'를 만들어 썼고, 이것이 다작의 원동력이었다고 한다.

까요.

내 얘기를 하자면, 나는 그다지 바쁘지도 않고 그다지 성공적이지도 않습니다. 내가 쓰고 싶은 것은 써지지 않고 내가 쓰는 건 뒤죽박죽이죠. 작년에는 돈을 많이 벌었지만[3], 정부에서 반을 떼 간 데다 남은 돈은 반 이상 벌써 써 버렸어요. 가난하진 않지만 당신 같은 상황은 전혀 아니고, 앞으로도 그럴 수 없을 겁니다. 아내는 감기 탓에 열흘째 몸이 좋지 않지만, 나만큼이나 당신 집을 방문하고 싶어 합니다. 나는 지금 집에서 일하고 있어요. 파라마운트의 일을 거절해서 유예 상태죠. 그쪽에서 계약서 파기는 거부하더군요. 제작자가 되고 싶은 거라면 몰라도 작가는 영상 산업 쪽에서는 진짜 기회를 잡을 수가 없어요. 제작자는 내가 하기엔 너무 어려운 일이고요. 마지막으로 내가 작업했던 영화는 그저 지루하고 고되기만 했지요.

(1946년 1월 29일)

---

3 당시 챈들러는 다섯 번째 장편 소설 『리틀 시스터』를 집필중이었는데, 편지에서처럼 이 전해부터 바야흐로 전성기를 구가하고 있었다. 《뉴스위크》는 1945년에 이런 기사를 실었다. "일 년 전만 해도 소수의 컬트(소수 문화)에 불과했던 챈들러리즘(Chandlerism)이 전국을 휩쓸고 있다."

헤밍웨이가 쓴
작품은
사실상 하나

블란체 크노프에게.

편지 고맙습니다. 당신 편지는 항상 반갑답니다. 말로 이야기에 꽤 몰두하고 있었는데 지독한 감기에 걸리는 바람에 그 이후로 지지부진하고 있지요.

이 보급판 관련 상황은 전혀 이해할 수가 없군요. 질도 나쁜 보급판이 백만 부나 팔렸는데, 원작자에게 고작 칠천오백 달러가 들어온다는 게 옳은 겁니까? 설명이 필요해 보입니다. 내 생각엔 잘못된 것 같아요. 나는 작가가 모든 보급판에 대한 인세를 최소한 소매 가격의 십 퍼센트는 받아야 한다고 생각합니다. 그보다 적다니 이해가 가지 않습니다. 작가들이 할리우드의 조건들은 받아들이면서 책 쓰는 일은 나 몰라라 하는 것도 이해가 가요. 출판은 여자들에게 맡기죠. 어쨌거나 전부 기계적인 데다 홍보만 하면 되니까.

하지만 내 얘기를 너무 심각하게 받아들일 필요는 없습니다. 내가 매사 점점 부정적이 되어 가고 있거든요. 헤밍웨이조차 실망스러울 정도입니다. 최근에 그의 많은 작품들을 다시 읽었지요. 어쩌면 나는 자기 자신처럼 글을 쓰는 한 남자가 여기 있다고 말했을지도 모릅니다. 그 말이 옳은 말이었을 수도 있고요. 내가 의미하는 바와는 달랐겠죠. 그의 작품은 구십 퍼센트가 빌어먹을 자기 복제예요. 그는 사실상 단 한 작품만 쓴 겁니다. 나머지는 전부 같은 몸에 다른 바지를 입은 거죠. 아니면 바지를 안 입었거나[1]. 게다가 잠자리에서 일어나는 일들에 대한 그 끝없는 집착은 결국에는 좀 구역질이 날 정도입니다. 살다 보면 공중화장실 벽에 적힌 음담패설이 음란한 게 아니라 끔찍하게 지겹게 느껴지게 되지요. 이 남자는 한 가지 소재만 다룰 뿐 아니라 그마저도 조롱거리로 만들어 버렸어요. 내가 제안하고자 하는 그의 묘비명은, 그가 받아 준다면 말이지만, 이렇습니다. "여기

---

1 영어 표현에 'in long pants(어른이 되어)', 'in short pants(미성숙한)'라는 표현이 있다. 따라서 이 부분은 같은 주제를 때로는 성숙하게 때로는 미숙하게 표현했다는 뜻도 숨어 있지만, '바지를 안 입었다'는 표현은 정말 '바지'를 안 입었다는 뜻.

잠자리에서 끝내 줬던 한 남자가 잠들다. 그가 여기 홀로 묻히다니 정말 유감이다." 하지만 문제는 그가 과연 끝내 줬을까 의구심이 들기 시작했다는 건데, 정말로 잘하는 일에 그렇게까지 공을 들이지는 않잖아요. 그렇지 않습니까?

(1946년 3월 27일)

◆ 출판사와 직접 관련된 문제는 아니지만, 저작권 문제와 관련해서 챈들러는 《월간 애틀랜틱》에 재미있는 에세이를 게재한 적이 있다. 「당신 인생의 십 퍼센트Ten Percent of Your Life」라는 이 글에서 챈들러는 이렇게 썼다. "에이전트는 영원히 주위를 얼쩡거린다. 당신이 쓴 무엇을 사려고 하는 누군가가 있는 한. 뿐만 아니라 당신이 썼던 무엇의 어떤 권리를, 어떤 비율로든 취득하려는 누군가가 있는 한. 그는 그렇게 당신 인생의 십 퍼센트를 취하는 것이다."

로스 맥도널드의
허세

제임스 샌도에게.

맥도널드[1]가 쓴 『움직이는 표적The Moving Target』을 읽고 괴상한 면에서 크게 감탄했습니다. 당신이 모방에 대해 한 말은 물론 맞았고, 플롯의 구성 요소들도 여기저기서 빌려 왔더군요. 예를 들어 시작 부분의 설정은 『빅 슬립』에서 약간 따 왔네요. 아버지가 아니라 어머니의 다리가 마비되었다든가, 석유에서 나오는

---

1 대실 해밋, 레이먼드 챈들러와 함께 하드보일드 3대 작가로 불리는 로스 맥도널드(Ross Macdonald, 1915~1983). 『움직이는 표적』(1949)은 탐정 루 아처가 등장하는 그의 첫 장편 소설로, 루 아처는 초반엔 거친 면모를 선보였지만 점점 인간의 본성을 탐구하는 성찰적 면모를 띠게 된다. 줄리언 시먼스는 "이제 고해신부나 다름없다"고 말하기도 했다(『블러디 머더』, 268쪽).

돈이라든가, 부패한 부의 냄새라든가. 그리고 악역인 변호사 친구는 『그림자 없는 남자The Thin Man』[2]에서 바로 가져왔고. 하지만 개인적으로 나는 그런 일에 약간 엘리자베스 시대적이라 크게 문제가 된다고 생각하지 않아요. 작가들이란 모두 시작할 때는 모방을 해야만 하고 어떤 통용되는 틀 안으로 뛰어들려면, 평가를 얻거나 성공을 거둔 사례들을 좇기 마련이니까.

내가 이 책을 보고 충격을 받은 이유는(만약 그 작가에게서 무언가를 느끼지 않았다면 그에 대해 쓰지도 말아야 한다고 생각합니다만), 첫째, 다소 혐오스러운 느낌이 들기 때문입니다. 끌리는 부분이 전혀 없어요. 이 작가는 원시적인 폭력성을 담은 추리소설을 읽어 줄 독자를 원하고 있어요. 게다가 자신이 대단히 문학적이고 세련된 인물이라는 점을 인정받으려 하고. 차에 녹이 슨 게 아니라 "녹이 여드름처럼 돋아 있고", 화장실 벽 낙서는 "그래피티"고(이탈리아어도 안다, 이런 거죠), "포덱스 오스큘레이션Podex Osculation[3]"따위를 언급하기도 하고(라틴어야,

---

2 대실 해밋의 1934년 작품.

3 로스 맥도널드는 친절하게 원문에 "Podex Oscluation[ass-kissing]"이라고 영어를 병기해 주었다. 아첨한다는 뜻.

끝내 주지?) "포커판 위에 칩으로 탑을 쌓듯 일분일초가 쌓여 갔다" 등등. 직유는 그다지 성공적이지 못하더군요. 직유법을 쓰는 목적을 이해하지 못하기 때문이죠.

장면 연출은 아주 잘했어요. 이런 글 뒤에는 아주 많은 경험이 쌓여 있게 마련이죠. 이 작가가 이전에 다른 이름으로 다른 장르의 글을 쓰던 사람이라고 해도 놀라지 않을 겁니다. 흥미로운 건, 문장과 단어 선택에서 나타나는 이런 허세가 더 좋은 글을 만들 수 있냐는 겁니다. 그렇지 않죠. 그런 허세는 이야기 자체가 그에 상응할 만큼 고급스럽게 쓰였을 때에만 정당화할 수 있는데, 그런 이야기가 수천 부씩 팔리지는 않겠지요. '녹이 슬었다'고 하면(또는 자국이 남아 있다고 하거나, '솟았다'고까지는 안 하겠어요), 즉시 어떤 시각적인 이미지가 떠오르지요. 하지만 "녹이 여드름처럼 돋아 있다"고 하면 독자의 관심은 묘사된 사물에서 떠나 작가의 허세로 확 쏠려 버려요. 이런 점이 바로 스타일의 오용을 드러내는 아주 극명한 예죠.

어떤 작가들은 일종의 타고난 동물적 감성 따위가 결핍된 부분을 메꾸려고 강박적으로 별난 문장에 집착하는 것 같아요. 그 사람들은 아무것도 못 느끼죠. 문학적으로 거세되어서 자신의 탁월함을 증명하고자 애매한 전문용어에 의지하죠. 그런 정신 덕분에 전위적인 잡지들이 살아남았는데, 이런 이야기를 쓰는 수단으로 그런 문체를 적용하다니 상당히 흥미롭습니다.

(1949년 4월 14일)

도로시 세이어즈의
실패

버니스 바움가르텐에게.

도로시 세이어즈는 추리소설에서 미스터리만 간직한 채 풍속소설로 한 단계 뛰어오르려고 했지요. 가진 재능을 다 모아서, 구상은 할 수 있지만 글로 쓰지는 못하는 사람에서 쓸 수 있는 사람으로 넘어가려고 애를 썼는데, 그런 사람들은 또 대개 구상을 못하기 마련이죠. 그녀는 성공하지 못했어요. 그녀가 목표했던 풍속소설 자체가 중요한 것이 되기에는 너무나 가벼웠지요. 그저 하나의 유행하는 시시한 글쓰기를 대신하는 또 다른 것일 뿐. 그런 시도가 성공적이지 못했다는 사실이 만족스럽지는 않습니다. 그리고 언젠가, 당장은 아니더라도, 내가 쓴 게 아니더라도, 외관상 추리소설이고 추리소설의 정수를 간직하면서도, 실제로는 폭력 및 공포가 함축된 인물과 분위기를 담은 소설이

쓰일 수 없다는 사실 역시 흡족하지는 않습니다.

(1949년 4월 21일)

◆ 도로시 세이어즈(Dorothy L. Sayers, 1893~1957)는 추리소설 황금기에 활약한 영국 추리소설가로 애거서 크리스티, 오스틴 프리먼 등과 함께 추리클럽(Detection Club)을 구성하기도 했다. 그러나 세이어즈는 "틀림없이, 추리소설은 도피 문학에 속하지 표현 문학의 일부가 아니"라고 말하는 등(『탐정은 어떻게 진화했는가The Omnibus of Crime』, 85쪽) 추리소설에 만족하지 않고 사회 현실을 묘사하는 작품들을 쓰려고 노력했고, 일례로『Gaudy Night』같은 소설은 '최초의 페미니즘 추리소설'이라는 평을 듣기도 했다. 챈들러는 세이어즈의 이런 시도를 말하려는 듯하다.

내가 만일
서머싯 몸을
안다면

제이미 해밀턴에게.

물론 몸[1]이 옳아요, 항상 그렇듯이. 희곡을 쓰는 것이 훨씬 어려운 일이죠, 의심할 바 없이 더 고된 일이고. 비록 나는 한 번도 시도해 보지 않았지만 의심할 여지가 없습니다. 마찬가지

---

1   서머싯 몸(William Somerset Maugham, 1874~1965). 『달과 6펜스』, 『인간의 굴레에서』 등의 작품으로 잘 알려진 영국 소설가이자 극작가. 그는 1930년대 가장 유명하고 수입이 많았던 작가였으며, 제2차 세계대전 동안 미국에 머물면서 많은 작품이 영화화되어, 소설가로서는 거의 처음으로 할리우드에서 상당한 수입을 올리기도 했다. 『어셴덴, 혹은 영국 첩보원』(1928)은 제1차 세계대전 당시, 영국 정보부 일원으로 활동한 자신의 경험을 토대로 한 그의 연작 소설집이다. 히치콕은 이 책에 수록된 단편 두 편을 골라 각색해, 1936년 〈비밀 첩보원Secret Agent〉이란 영화를 만들었다.

로 소설보다는 시나리오를 쓰는 것이 훨씬 더 어렵습니다. 하지만 내 생각에는 소설과 시나리오에 같은 자질이 필요한 것 같지는 않아요. 시나리오를 쓸 때는 재능을 더 정확하게 사용해야 하고, 더 아름답게 세공해야 하는지도 모릅니다. 특정 집단의 사람들이 사용하는 현재의 용어들을 더 정확하게 귀 기울여 들어야만 하고요. 하지만 어느 모로 보나 훨씬 피상적이지요. 덧붙이자면, 그럴 일이 없을까 봐 두렵지만, 내가 만일 몸과 아는 사이라면 『어센덴, 혹은 영국 첩보원Ashenden: Or the British Agent』에 서명을 해 달라고 부탁할 겁니다. 작가에게 서명을 요청해 본 적은 한 번도 없고 사실 그런 것에 별 가치도 느끼지 못하지만. (〈햄릿〉의 연출용 대본이라면 소장하고 싶네요.) 하지만 나는 멜로드라마적인 효과에 약간 민감한 편이고, 『어센덴』은 그 어떤 스파이 소설보다 훨씬 앞서 있어요. 반면에 그의 일반 소설들은 물론 좋기야 하지만, 최고의 작품이라 해도 압도적이지는 않지요. 어떤 면에서건 나에게는 넓은 화폭보다는 고전이 훨씬 매력적입니다.

(1949년 12월 4일)

오스틴 프리먼이
이룬 것

제이미 해밀턴에게.

오스틴 프리먼[1]이라는 작가는 놀라운 실행자입니다. 같은 분야에서 그에 견줄 사람이 없어요. 게다가 생각보다 훨씬 뛰어난 작가이기도 하지요. 그렇게 느릿한 글인데도 불구하고 뜻밖에 고른 긴장감을 조성하고 있어요. 글 구성은 지루하지만, 그 사람이 지루하진 않죠. 프리먼이 그리는 빅토리아 시대 연애나, 다리가 긴 손다이크 박사가 활기차지만 머리는 나쁜 왓슨 격인 의사 저비스와 함께 정원을 산책하듯이 런던을 쏘다니는 멋진 장면들에는 가스등 불빛 같은 매력까지 있어요. 지각 있는 사람

---

1 오스틴 프리먼(R. Austin Freeman, 1862~1943)은 과학적 추리 기법의 창시자로 의학과 과학에 정통한 탐정 손다이크 박사를 창조했다.

이라면 시체의 발가락을 세는 것보다 더 엄밀한, 법 혹은 법의학과 관련된 일에 저비스를 고용하지는 않을 테지만.

프리먼은 기교가로서 엄청나게 탁월한 점이 많았고 그 때문에 그가 속한 문학 전통에서 지독하게 좋은 작가라는 사실은 곧잘 잊혀버립니다. 그는 도서 추리소설 기법[2]을 고안했어요. 프리먼은 경찰이 생각해 내기 오래전에 지문 위조와 위조된 지문을 알아내는 것이 가능함을 입증했죠. 그의 지식은 막대한 데다 아주 사실적이었어요. 손다이크와 스필스버리[3]가 법정에서 공방을 벌인다면 아주 멋질 겁니다. 그리고 내 생각에 손다이크가 수월하게 이길 것 같아요.

(1949년 12월 13일)

---

2 도서(倒敍) 추리소설. 범인을 미리 알려 주고 범행을 저지른 과정을 밝히는 방식. 1912년 오스틴 프리먼의 『노래하는 백골The Singing Bone』이란 작품에서 처음 선보였다.

3 스필스버리(Sir Bernard Henry Spilsbury, 1877~1947)는 영국의 유명 병리학자로 다양한 범죄 사건에 참여했다.

서머싯 몸의
외로움

제이미 해밀턴에게.

당연히 그 늙은 친구[1]에게 편지를 쓰겠습니다. 너무 격식을 차리거나 너무 친근하게 굴지도 않으려고 합니다. 나는 그 사람이 근본적으로는 상당히 슬픈 남자, 상당히 외로운 남자가 아닐까 싶습니다. 칠순 생일에 대한 그의 묘사는 무척 암울했어요. 추측건대 그는 대체로 외로운 삶을 살아 오지 않았나 싶습니다. 사람들을 지나치게 감정적으로 대하지 않으려는 그의 표면적인 태도는 자기 방어적인 수단인지도 몰라요. 그는 외적으로 사람들

---

1 이 편지는 챈들러가 제이미 해밀턴을 통해 마침내 서머싯 몸이 서명한 책을 얻게 된 후에 쓴 편지로, 이후 챈들러는 서머싯 몸과 직접 몇 통의 편지를 주고받기도 했다.

을 매료시키는 따뜻함 같은 것이 결여되어 있는 동시에 워낙 현명해서, 대부분의 우정이 아무리 피상적이며 돌발적이라 해도, 그것들 없이는 삶이 너무 우울하다는 점을 알고 있는지도 모르죠. 물론, 그 사람한테 친구가 없다는 뜻은 아닙니다. 나는 이런 얘기를 할 만큼 그에 대해 잘 알지 못하니까요. 그저 그의 글을 읽고 그런 생각이 들었을 뿐이지요.

(1950년 1월 5일)

헤밍웨이를
옹호함

찰스 모튼에게.

한때 즐거웠던 우리의 편지 왕래가 한동안 상당히 뜸했던 것
같은데, 그렇지 않나요? 물론 내 탓입니다. 당신 편지가 마지막
이었으니까요. 내가 당신에게 편지를 빚지고 있다는 말은 정말
이지 정확하기 짝이 없는 얘기죠.

시간이 우릴 그렇게 만드는 것 같습니다. 한때 고삐만 단단히
쥐면 달렸던 말이 이제 채찍을 휘둘러야만 마지못해 뛰죠. 월터
배젓[1]이 언젠가 말하기를(점점 믿을 수 없게 되는 내 기억력을

---

1   월터 배젓(Walter Bagehot, 1826~1877). 영국의 경제 · 정치학자이자 문예비
    평가.

되살려 보자면), '젊었을 때는 위대한 일을 하고자 했다. 이제는 별일 없는 것만으로도 만족하련다'라고 했죠. 어떤 면에서는 내가 그 사람보다 훨씬 나은 상황 같습니다. 나야 한 번도 위대한 일을 하겠다고 생각해 본 적이 없으니까요. 사실 내가 바랐던 것보다 훨씬 더 많은 일들을 해냈죠.

윅스 씨[2]에게 찬사를 보냅니다. 헤밍웨이의 최근작에 지금 받고 있는 것 같은 평가를 내릴 필요를 느끼지 못한 아주 소수의 비평가들 중 하나니까요. 도대체 왜 그렇게들 분개하는 걸까요? 그 늙은 늑대가 상처를 입었으니 그를 끌어내릴 적당한 시기라고 생각하는 걸까요? 나도 그 책을 읽었습니다. 솔직히 말해서 그의 작품치고 최고는 아니더군요. 하지만 여전히 그를 비방하는 사람들보다 훨씬 뛰어난 통찰력을 보이고 있어요. 줄거리도 별로 없고, 사건도 별로 없고, 장면이랄 것도 거의 없기는 하죠. 바로 그런 점 때문에 그의 매너리즘이 도드라져 보였다고 생각합니다. 칼잡이들한테 자비를 기대할 수는 없죠, 당연히. 칼 던지는 게 그들 직업이니까요. 하지만 작가가 무엇을 하려고 했는지, 비평가 몇은 스스로 물어볼 수 있었을 텐데요. 당연히, 헤밍

---

2 에드워드 윅스, 《애틀란틱》의 편집자.

웨이는 걸작을 쓰려고 한 게 아닙니다. 다만 본인과 그다지 다르지 않은 인물을 통해서, 이미 끝났으며 그 사실을 알고 괴로워하며 분노하는 사람의 태도를 묘사하려고 했을 뿐이지요. 헤밍웨이는 많이 아팠던 게 분명해요. 좋아지리라 확신하지도 못했겠죠. 그 때문에 자신이 가장 소중히 해 왔던 것들을 어떻게 느끼게 되었는지 다소 피상적으로 종이에 옮긴 겁니다. 스스로 평론가라고 부르며 거들먹거리는 트집쟁이들은 그가 이 책을 쓰지 말았어야 한다고 생각하는 모양입니다. 대부분은 쓰지 않았겠죠. 보통 사람이 헤밍웨이 같은 상태였다면 감히 글을 쓸 배짱 따위 없었을 겁니다. 나도 분명히 쓰지 않았을 거예요. 그게 챔피언과 칼잡이의 차이예요. 챔피언도 자기에게 있는 무엇을 순간이든 영원이든 잃어버릴 수 있고 장담할 순 없어요. 하지만 챔피언은 더 이상 스트라이크 존에 높고 빠른 공을 던지지 못할 땐, 자기 심장을 대신 던집니다. 무언가를 던지죠. 그저 마운드를 빠져나가서 울어 버리지 않아요. 시릴 코널리 씨가 그나마 남들보다는 무딘 칼을 던지며, 헤밍웨이는 육 개월 정도 휴가를 떠나 스스로 돌아볼 필요가 있다고 제안하더군요. 이 말에 숨은 의미는 헤밍웨이가 그동안 사춘기적인 자세를 활용해서 그토록 많은 사람들의 갈채를 얻었으니 이제는 지적으로 더욱 성장해서 어른이 되어야 한다는 것이겠지요. 하지만 왜요? 코널리 씨가 정의한 단어적인 측면에서 보자면, 헤밍웨이에게는 결코 '어른'이 되고픈 욕망이 없었습니다. 화가도 그렇지만 어떤 소설가들은 원시적인 본능을 품고 태어납니다. 카프카적인 향취는 그들이 추구하는 행복이 전혀 아니라는 말입니다. 헤밍웨이 같은 작가들의 단점, 나아가 비극이라고까지 할 수 있는 점은, 그들에겐 엄청난 활력이 필요하며, 불행히도 그 활력에 대해 불타는 관심을 간직한 채로 자신의 활력을 잃어 가게 된다는 것이죠. 헤밍웨이가 쓰는 작품들은 감정이 메마른 송장들은 쓸 수 없는 것들입니다. 코널리 씨가 쓰는 것들은 송장도 쓸 수 있고, 쓰고 있죠. 그런 것도 나름 장점이 있고, 어떤 건 아주 훌륭하기도 하죠. 다만, 그런 글을 쓰기 위해 굳이 살아 있을 필요가 없을 뿐입니다.

(1950년 10월 9일)

◆ 여기서 언급된 책은 헤밍웨이가 『누구를 위하여 종을 울리나』(1940) 이래 십 년간의 공백기를 깨고 발표한 『강을 건너 숲으로Across the River and into Trees』(1950)라는 작품으로, 출간 당시에는 좋은 평을 얻지 못했다. 그러나 바로 다음 작품 『노인과 바다The Old Man and the Sea』(1952)로 헤밍웨이는

퓰리처상과 노벨문학상을 수상한다. 헤밍웨이의 공백과 더불어, 1946년 편지와 1950년 편지 사이에 헤밍웨이에 대한 챈들러의 견해가 극과 극을 오갔다는 사실도 상당히 흥미롭다. 작가적 공감일까?

피츠제럴드의
매력

데일 워런에게.

피츠제럴드의 전기가 만족스럽지 않은 모양이군요. 안타깝습니다. 피츠제럴드는 누구도 망쳐서는 안 되는 대상인데. 그는 최고의 대접을 받아야 해요. 나는 피츠제럴드가 위대한 작가가 될 기회를 아깝게 놓쳤다고 생각합니다. 그 이유는 상당히 명백하죠. 그 불쌍한 사람이 대학 시절부터 이미 알코올 중독이었다는 점을 고려하면, 그만큼 해낸 것도 경이로워요. 그는 문학사적으로 아주 드문 자질을 가지고 있었습니다. 그 자질을 표하는 말이 있죠. 화장품 외판원들 때문에 완전히 격이 떨어져서 진정한 가치를 논하는 데 쓰자니 민망하지만, 그럼에도 말하자면 바로 '매력'입니다. 키츠가 구사했을 법한 표현으로써의 매력 말이죠. 오늘날 누가 그런 매력을 지니고 있습니까? 잘 쓰거나 스타일이 깔끔한 문제가 아닙니다. 그건 일종의 은은한 마법이에요. 절제되고 우아하며, 현악 4중주를 듣고서나 느낄 무엇 말입니다.

(1950년 11월 13일)

존 딕슨 카를
읽을 수 없는
이유

제이미 해밀턴에게.

이제쯤 《뉴요커》에 실린, 당신의 총아 존 딕슨 카에 대한 프로필을 읽었겠군요. 그에 대해 상당히 잘 실어 준 것 같아요. 적어도 생색내지 않고, 얼마 전에 렉스 스타우트에게 했던 것과 상당히 비슷한 방식으로 말이죠. 존 딕슨 카는 멀리서 감탄할 순 있겠지만 크게 호감은 가지 않는 인물 같더군요. 한 문장이 그 이유를 설명해 주는 듯해요. 섬뜩한 죽음에 대한 딕슨 카의 선호와 플롯 구성의 독창성을 묘사한 뒤에 필자가 덧붙인 문장인데, 정확히 기억나지 않지만 대략 그 요지는 이러했습니다. "그는 실제 글 쓰는 과정은 싫어한다." 이 문장을 보는 순간, 내가 왜 그 인간의 글을 읽을 수 없었는지 설명되더군요. 글쓰기를 싫어하는 작가란 법을 싫어하는 변호사나 의학을 싫어하는 의사만큼이나 있을 수 없기 때문이죠. 플롯을 구상하는 일은 설사 그 일에 능하더라도 지루할 수 있습니다. 적어도 그건 진짜 작업을 진행하기 위해서 해야만 하는 일이지요. 하지만 글쓰기를 싫어하는 작가라니, 말로써 마법을 창조하는 일에서 어떤 기쁨도 누리지 못하는 작가라니, 그런 사람은 나한테는 작가라고 할 수가 없습니다.

실제로 글을 쓰는 것이 삶의 목적이죠. 나머지는 그 지점에 도달하기 위해 겪어야만 하는 것일 뿐입니다. 어떻게 실제로 글 쓰는 일을 싫어할 수가 있습니까? 싫어할 만한 요소가 뭐가 있다고? 차라리 사람은 장작 패는 일이나 집 청소는 좋아하지만, 햇빛이나 밤바람이나 꽃의 흔들림이나 풀잎에 맺힌 이슬이나 새들의 노래는 싫어한다고 말하죠. 어떻게 문단이나 문장이나 대화나 묘사를, 창조적인 무언가로 만들어 내는 마법을 싫어할 수가 있습니까? 글쎄, 분명히 그러면서도 성공할 수 있나 보긴 합니다. 하지만 그런 일이 가능하다고 생각하니 정말이지 우울하군요.

(1951년 9월 19일)

3장

할리우드

할리우드를
경멸할 수 없는
이유

찰스 모튼에게.

영화 작가들과 시나리오 창작에 대한 글을 마무리 지을 수 없습니다. 이유는 간단합니다. 정직하게 쓰지 못했거든요. 다른 개념으로 접근할 수도 있겠지만, 이렇게까지 확신이 없는 글을 억지로 보낼 수는 없습니다. 이런 요소들을 짚어야 하지만, 그랬다간 진창에 빠지게 될 것 같아서요. 이를테면, 첫째, 시나리오에는 성숙한 예술이 없습니다. 여기서 성숙하다 함은 지식인이나 대학원생이나 식자층 들이 보는 소소한 잡지 글을 의미하는 게 아닙니다. 그것이 무엇을 하는지를 알고 그 무엇을 하는 데 필수적인 기교를 함유한 예술을 말하는 겁니다. 둘째, 성인용, 즉, 추잡하거나 노골적인 영화도 헤이스 오피스[1]와 지역 검열위원회가 허락하기만 하면 언제든 존재할 수 있습니다. 그래 봤자 〈나의 길을 가련다Going my way〉[2] 이상으로 **성숙할 수** 는 없겠지만. 셋째, 시나리오 문학에는 유효한 실체가 없습니다. 작품은 작가가 아니라 영화사의 소유이고 영화사에서는 시나리오를 보여 주질 않으니까요. 내가 워너브라더스에서 〈몰타의 매〉 원고를 빌리려고 했을 때도 빌릴 수가 없었죠. 작가가 할 수 있는 일이라곤 영화를 보는 것뿐입니다. 작가가 영화사에서 일한다면 해당 영화사에 있는 시나리오는 얻을 수 있지만, 작가의 시간이 작가 소유가 아니니까요. 한가하게 시나리오를 연구하고 문제들을 재구성할 시간이 없지요. 넷째, 시나리오라는 예술 분야는 가르치고 배울 수가 없어요. 가르칠 게 없으니까. 영화가 만들어지는 방식을 모른다면 시나리오를 쓰는 법도 알 수가 없는 법인데 문외한들은 그걸 모르고, 실직한 작가나 작가 지망생이 아닌 이상, 작가들은 굳이 배우려 하지 않아요. 다섯째, 시나리오란 그 자체로 고통스럽고 지속적인 투쟁의 결과입니다. 그 투쟁이란 작가(혹은 작가들)에게 능력을 발휘할 자유를 주지

1 영화제작자와 배급자 협회(MPPDA: Motion Pictures Producers and Distributors of America)에 대한 별칭. 오늘날의 영화협회(MPAA)로, 설립 초에는 영화 속 선정적인 내용은 물론, 연기자들의 사생활까지도 규제했다.

2 1944년 개봉한 빙 크로스비 주연의 코미디 영화.

않은 채 작가들의 재능을 착취하려는 사람들과 작가들 간의 투쟁입니다. 여섯째, 지루하고 쓰라린 투쟁 끝에 거대 영화사들이 작가를 기업 윤리의 합리적인 기준에 맞게 대우하는 데 동의한 지가 고작 삼 년 정도밖에 되지 않았어요(중소 영화사들은 올해부터 겨우 그렇게 됐고).[3] 이 싸움에서 작가들이 정말로 싸웠던 대상은 영화 산업 그 자체가 아닙니다. 작가들은, 영화 산업 내에서 지금까지 모든 영광과 특권을 앗아 갔고, 세상에 자신들이 영화를 만드는 사람들이라고 홍보함으로써 계속 그런 영광과 특권을 누릴 수 있었던 권력 집단을 상대로 싸웠던 거죠. 이런 투쟁은 지금도 계속되고 있고 작가들이 이기고 있지만, 그 방식이 잘못됐습니다. 작가들 스스로 제작자와 감독이 되면서 창조적인 예술가 대신 쇼맨이 되어 버리고 있어요. 이런 건 영화라는 예술 분야에 전혀 도움이 되지도 않는 데다, 기질적으로 쇼맨십에는 적절치 않은 작가들(그리고 최고의 작가는 항상 이 부류에 포함되기 마련이죠)에게 실질적으로 해를 끼칩니다. 일곱 번째, 작

3 1930년대 중반부터 할리우드의 영화 종사자들은 조합을 결성하여 영화사들로부터 정당한 노동 권리를 쟁취한다. 그중에서도 작가 조합은 리더십의 부재로 다른 조합에 비해 지지부진한 상태를 거듭하다, 1941년 6월에 이르러서야 영화사와 협상을 할 수 있는 권리를 갖게 된다.

가가 영화사의 간섭 없이 작품을 쓸 권리를 얻으려면 아직도 멀었습니다. 왜? 작가가 영화 만드는 법을 모르니까, 그리고 작가가 그걸 모르게 하는 것이 제작자와 감독의 이익으로 직결되니까요. 할리우드에서 고액의 돈을 받는 작가들의 사분의 일(프로그램 픽처[4]에서 일하는 사람들은 제외하고)만이라도 총체적이며 세세하게 촬영할 수 있는 시나리오를 써 낼 수 있고, 영화사가 배우에 대한 그들의 투자를 보호하고 명예훼손과 검열 문제에서 해방되는 데 불가피한 수준으로만 간섭하고 심의한다면, 제작자는 사업적인 동반자가 되겠고, 감독은 지금처럼 영화 만드는 사람이 아니라 완성된 시나리오를 해석하는 사람 정도가 되겠죠. 그 사람들은 목숨을 걸고 이런 사태를 거부할 겁니다.

나는 파라마운트와 삼 년 계약을 맺었습니다. 일 년에 이십육 주 일하는 대가로 어마어마한(내 기준으로 보자면요) 돈을 받았어요. 위에 열거한 사항들은 딱히 파라마운트를 염두에 두고 쓴 건 아닙니다. 하지만 많은 사람들이 저 중 상당수의 항목에 개인적으로 분개할 테고, 끝없는 논쟁들로 나를 갉아먹겠지요. 그래

4 값싸게 만드는 질 낮은 영화. 주로 동시상영시 중심 영화에 곁들이는 단편 영화가 많다.

도 아직 할 말이 많은데, 심지어 더 심각한 얘기들입니다. 오랜 시간 지속되어 온 이런 시스템은 직관이나 독립성, 저항 정신이 없는 어용御用 작가들을 양산해요. 그런 작가들은 오직 할리우드가 세우는 기준을 충족함으로써 존재할 뿐이지만, 예술은 할리우드의 기준에 저항해야만 생산할 수 있죠. 그중에 독립적인 작가로서 생계를 이어갈 만한 사람은 거의, 정말 거의 없지만, 항상 그런 사람들과 일할 수밖에 없습니다. 할리우드를 통틀어도, 할리우드에서 만드는 영화의 십분의 일이나마 비교적 괜찮게 만들 수 있는 인재를 찾지 못할 테니까. 아무리 영화가 너무 많다고 해도 영화를 계속 만들지 않으면 극장 문이 닫히겠죠. 투자 규모도 엄청나고 셀 수 없이 많은 사람들의 생계가 달려 있기도 합니다. 게다가 설사 할리우드 영화의 구십 퍼센트가 가치가 없다 해도 같은 기준으로 보자면 그 원작이 되는 책과 연극과 단편 소설들의 구십 퍼센트가 읽을 가치가 없습니다. 그리고 당신과 나 둘 다 그런 기준이 우리 시대에는 변하지 않으리라는 것도 알고 있고.

그런데도 나 같은 작가, 할리우드에 별 경험도 없으면서 주제 넘게 할리우드 작가들을 논하는 나 같은 작가는 틀림없이 거짓말을 하거나, 그들이 대부분 너무 멋을 내고, 너무 많은 돈을 받는 비굴하고 무능한 월급쟁이들이라고 말할 테죠. 시나리오라는 예술의 진보는 탁월함을 위해 투쟁하는 (그리고 그런 기질과 강인함을 지닌) 아주 소수의 사람들에게 전적으로 의존하고 있습니다. 할리우드는 그래서 그들을 사랑하면서도, 너무 불안한 나머지 그들을 작가 이상으로 대우해서 보상하지 못할 뿐이지요. 작가들을 대하는 할리우드의 태도는 불가피하게 진실성이라 부르는 것을 가진 소수의 작가가 아니라, 다수의 작가 집단에 의해 결정됩니다. 그들은 질이 떨어지는 말을 사랑하죠. 그렇더라도 내가 할리우드의 작가들이 이렇다는 말을 활자화하는 건 나한테 공정하진 않아요. 그 사람들은 협회가 있는 데다 산업 전반에 아주 거대하게 걸쳐져 있어서 집단으로 맞설 겁니다. 게다가 분명히 나는 그 사람들의 성취에 기여한 바가 전혀 없고, 그럴 의사도 없습니다. 그 쓰레기 더미에서 몇몇 영화들을 구해 내면서 간접적으로 도우면 몰라도. 심지어 그들이 과하게 돈을 받는다고 하는 것은 공정하지도 않아요. 다른 작가 군群이 충격적일 정도로 보수가 낮은 거니까. 할리우드는 자본가나 경영자만이 얻을 수 있는 정도의 돈을 노동자에게 지불하는 유일한 산업입니다. 이상적이지 않다 해도 적어도 이상을 추구하려 애쓰는 유일한 산업이지요. 할리우드에서 생산하는 예술이 저급한 거라면, 다른 산업에서는 돈벌이의 부산물을 제외하고는 아예 예술을 생산하지 못하는 거죠. 형편없는 영화에서도 돈을 뽑아낼 수 있다면 훌륭한 영화로는 돈을 더 많이 벌 수 있습니다. 할리우드도 그 사실을 알기 때문에 좋은 영화를 만들려고 하고요. 다만 그 정도 규모로 그런 일을 할 만한 인재가 이 세상에 충분하지 않을 뿐입니다. 영화 제작에는 돈이 너무 많이 들어가기 때문에 안전해야 하고 그만큼 큰 수익을 거두어야만 합니다. 하지만 돈이 왜 많이 들겠습니까? 할리우드가 일하는 사람들에게 그만큼 돈을 주기 때문입니다. 쿠폰 자르는 사람들한테 돈을 주는 게 아니라. 할리우드가 세상의 모든 글재주 있는 사람들을 끌어들여, 할리우드식으로 그들을 파괴해 버린다고 칩시다. 그렇다면 애초에 할리우드가 그들을 끌어들일 수 있는 이유가 뭐겠습니까? 그건 할리우드가 돈을 제대로 지불할 줄 알기 때문입니다. 내 책을 출간하는 사람은 내가 그에게 얻는 것보다 훨씬 더 많은 걸 나에게서 얻습니다. 그것도 책을 팔아서 버는 게 아니라, 라디오와 영화와 보급판 판권에 끼어들어서 돈을 벌어요. 본인은 단 일 센트도 지출할 필요가 없죠. 그 사람이 책을 낼 때 위험을 감수했을까요? 물론 아니죠, 단 십 센트도 아닙니다. 그 사람은 유료 대출 문고라는 보험책까지 마련해 뒀어요. 그 사람은 내가 쓰는 것 같은 책은 어떻게 팔아야 하는지, 어떻게 홍보를 하는지, 평론을 얻으려면 어떻게 해야 하는지조차 몰라요. 그저 자리에 앉아서 뭔가 일이 생기기를 기다리다가 일이 생기면 손바닥을 문지

르고는 두둑하게 한몫 떼어 가죠. 하지만 할리우드는 될 것 같은 무언가를 쓰려고만 해도 엄청난 급여를 제공합니다. 무언가 쓰기만 해도 돈이 될 수 있다면, 그때는 이전의 계약을 찢어버리고 더 나은 계약을 맺어야죠. 그런 산업을 경멸할 수는 없습니다.

(1944년 12월 18일)

◆ 이때 마무리 지을 수 없었다던 글은 「할리우드의 작가들 Writers in Hollywood」이라는 제목으로 이 편지를 쓴 지 일 년 (1945.11.) 뒤에야 《월간 애틀란틱》에 실렸다.

◆ 1945년에 챈들러는 앞서 편지에 나왔던 '표절 시비 분쟁'을 겪으며 크노프와 결별했지만, 이 편지에서 말하는 출판업자가 크노프라면(아마도 시기상 그런 듯한데) 표절 시비 이전부터 불만이 누적되지 않았을까 싶다.

좋은 영화가
가능하려면

제이미 해밀턴에게.

파라마운트에서 시위를 벌이는 중입니다. 일인 시위죠. 말하
자면 나는 계약 이행을 거부하고 있고, 그쪽에선 아직까지 계
약 취소를 거부하고 있지요. 돈 얘기만 잔뜩 하고 있는데 그건
다 연막일 뿐입니다. 어느 시점을 넘어서면 돈이란 그저 좀 곤
란한 문제에 불과하니까요. 노력과 비용을 들여 관리하고 지키
면서 정작 쓰지는 못하는 거죠. 근본적으로, 문제는 자유입니
다. 내가 실제로 운용할 수 있는 시간은 몇 년 남지 않았고, 나
는 그 시간을 내가 가진 재능을 말살하는 데 쓰고 싶지 않아요.
좋은 영화를 만드는 건 한계가 있긴 해도 가능한 일입니다. 하지
만 그러기 위해서는 좋은 사람들과 일을 해야 하죠. 할리우드에
도 그런 사람들은 있어요. 다만 여기저기 흩어져 있는 데다 지금

이 순간 파라마운트에는 한 명도 없는 것 같군요. 지금 파라마운트를 지휘하는 사람은 영화 제작에 대해, 만일 극장이 천육백 개 있다면 가능한 빨리 경제적으로 영화를 쥐어짜내야 한다고밖에 생각하지 않는 사람입니다. 그런 분위기에서라면 그저 시간을 보내며 급여를 모을 수밖에요. 그걸로는 만족스럽지 않죠. 파라마운트에서 마지막 영화를 작업했을 때는 거의 죽을 지경이었어요. 제작자는 그야말로 개집에 있었고(지금은 떠났지만), 감독은 한물간 늙다리 속물로 삼십 년간 한 번도 진정한 빛을 보지 못한 채 감독질을 하고 있는 사람이었어요. 앞으로도 그럴 게 빤한 사람이었죠. 그래서 한낱 작가이자 지쳐 빠진 내가 사무실에다 소리를 질러 대며 제작자를 보호하고, 연출이라고는 전혀 모르면서 촬영장에 가서 장면 지시를 내려서 영화 전체가 수렁에 빠지지 않게 하려고 애를 썼지요. 뭐, 수렁에서 건지긴 했습니다. 일단 영화화되니 제법 생생하게 살아나더군요. 명작까지는 아니었지만, 쓰레기도 아니었어요. 하지만 그 대가라니! 그런 다음에는 MGM에 가서 〈호수의 여인〉 작업을 해야 했는데 어찌나 지루하던지 생생한 볼거리를 위해서 거의 다시 써 버렸습니다. 마무리는 하지 못했는데 아마 지금쯤이면 못 쓰게 됐겠지요(아니면 내가 못 쓰게 만들었거나). 하지만 그 일을 끝낸 후에도, 야구 방망이로 머리를 맞지 않고서는 의자에서 벗어날 수 없었죠.

지금은 말로 소설[1]을 집필하고 있습니다. 이번 작품은 좀 더 나았으면 좋겠어요. 사실, 몇 년간은 현실적인 이유가 있을 때 말고는 말로를 완전히 잊고 싶었지요. 하지만 어떻게든 그를 살려 둬야만 합니다. 머지않아 라디오 프로그램들도 있을 거고, 다른 저열한 돈벌이도 좀 있을 예정이거든요.

(1946년 1월 9일)

◆ 챈들러가 언급한 영화는 〈푸른 달리아The Blue Darlia〉(1946)이다. 이 작품은 챈들러의 창작 시나리오로 크게 성공했으며, 챈들러는 〈이중 배상〉에 이어 두 번째로 아카데미 각본상 후보에도 올랐으나 수상하지는 못했다. 개집에서 살았다는 제작자는 존 하우스먼(John Houseman)으로 영화배우이자, 오손 웰즈와 〈시민 케인〉(1941)을 만들기도 했던 유명 제작자였다. 그리고 삼십 년이나 빛을 못 봤으며 앞으로도 그럴 거라는 감독은 조지 마셜이라는 사람이다.

---

1 챈들러는 이 무렵 『리틀 시스터』를 집필중이었다.

할리우드의
윤리관

앨프리드 크노프에게.

한 가지 문제는, 할리우드에서는 엄청난, 보통 사람 기준으로는 엄청난 돈을 준대도 마다하는 이유가, 더 엄청난 돈을 얻으려는 전략적 수단이 아님을 확신시키기가 불가능해 보인다는 것입니다. 내가 원하는 건 돈이 아니라 전혀 다른 겁니다. 마감과 부당한 압력으로부터의 자유, 그리고 그저 과거의 통속적인 방식만 반복하는 게 아니라 상업 영화라는 한계 안에서도 가능한 최고의 영화를 만들려고 노력하는, 할리우드에 몇 안 되는 사람들을 찾아 함께 일할 권리 말입니다. 아주 조금만이라도.

이 바닥의 윤리관이 드러나는 일이 있었습니다. 지난밤 늦게 아주 중요한 독립 제작자가 전화해서 올해 가장 홍보가 많이 되었던 기획 작품의 시나리오를 맡아 달라며, 조용하게, 은밀하게 해 달라고 부탁하더군요. 내 계약에 완전히 위반된다는 걸 알면서도 말입니다. 그 사람은 아무렇지도 않았겠죠. 나를 모욕하고 있다는 생각은 전혀 하지 않은 겁니다. 내 결점들에도 불구하고 나는 아직 어떤 정의감을 지니고 있나 봐요. 그 사람한테는 시비처럼 들렸을지도 모르겠지만 나는 문제가 되는 부분을 솔직히 지적했습니다. 그들이 내 소매 속에 숨겨 놓은 카드가 없는지 확인하고 싶어 한다면 보여 줄 용의가 있어요. 하지만 진짜 확인하고 싶진 않을 겁니다. 내 소매 속이 텅 비어 있다는 걸 알면 충격을 받을 거고요. 그런 자들은 정직한 사람과 거래하기를 꺼리니까요.

처음부터, 처음 펄프 소설을 썼을 때부터, 나에겐 항상 한 가지 과제가 있었습니다(처음엔 물론 어떻게 글을 쓰는지 자체가 과제였지만). 사람들이 꺼리지 않고 어쩌면 의식조차 하지 않을, 하지만 어떤 식으로든 그들의 마음을 투과하여 여운을 남기는 그런 무언가를 작품에 넣고자 했지요. 생각이라는 현실적인 습관을 가진 사람이라면, 더 이상 지성인을 위해 글을 쓰지 않을 겁니다. 지성인들은 무척 소수인 데다, 너무 겉만 그럴싸해요. 그렇다고 일부러 자기가 경멸하는 사람들이나 슬릭 잡지나(할리우드도 그보다는 덜 모욕적이죠) 돈벌이를 위해서 글을 쓸 수도 없죠. 이상주의도 있겠지만 멸시도 있는 법. 내가 이런 말을 하면 약간 웃기겠지만요. 맥스 비어봄[1]처럼 나 역시 반세기 정도 늦게 태어났는지도 모르겠습니다. 나 역시 우아함의 세대에 속하는 사람인지도요. 그렇게 아주 쉽게, 나는 우리가 사는 세상이 더 이상 필요로 하지 않는 모든 것이 되었을 수도 있습니다. 그래서 《블랙 마스크》에 글을 썼죠. 정말 웃기는 일 아닙니까.

할리우드에서 정말 많이 배우긴 했습니다. 내가 할리우드를 완전히 경멸한다고는 생각하지 말아 줘요, 정말로 그렇지 않으니까. 그 가장 좋은 증거는 나와 함께 일했던 모든 제작자들을 위해서라면 나도 다시 일을 할 테고, 내 성질에도 불구하고 그들 모두 기꺼이 나와 일하리라는 사실입니다. 하지만 사람들이 말하듯 영화란 대체로 그 이상주의조차 거대한 거짓에 불과한, 타락한 공동체의 산물입니다. 그 허세, 가짜 열정, 끝없는 음주, 돈을 둘러싼 끝없는 분쟁, 전능하신 에이전트, 거들먹거리는 거물들(그리고 일을 벌여 놓고는 거두지 못하는 그들의 전형적인 무능함), 반짝거리는 황금을 몽땅 잃고, 사실은 원래부터 그랬지만 자기들만 몰랐던 '아무것도 아닌' 상태가 되지 않을까 하는 끝없는 두려움, 헐뜯는 기술, 그 빌어먹을 개판이 이 세계를

---

1 풍자화가, 비평가. 예술계나 사교계에 대한 신랄한 묘사로 유명했다.

갉아먹어요. 엄청난 소설거리죠. 아마 가장 훌륭한 소재는 아직 다뤄지지 않았을 겁니다. 다만 어떻게 하면 침착한 마음으로 다룰 수 있을 것인가, 그 점이 고민일 뿐이죠.

(1946년 1월 12일)

험프리 보가트와
영화 〈빅 슬립〉

제이미 해밀턴에게.

당신이 언젠가 영화 〈빅 슬립〉을 보게 되면(어쨌든 그 앞에 반 정도), 이런 종류의 이야기가 분위기를 창출하는 감독의 재능과 그의 은밀한 가학적 감각에 따라 얼마나 달라질 수 있는지 깨닫게 될 겁니다. 물론 보가트 역시 '터프가이' 역에 있어 다른 어떤 배우보다 훨씬 뛰어나지요. 래드와 파월[1]의 연기가 그냥

---

1 할리우드에서 터프가이와 탐정 역할을 도맡아 했던 배우 앨런 래드(Alan Ladd)와 윌리엄 파월(William Powell). 래드는 그레엄 그린의 원작 영화 〈백주의 탈출〉(1941)과 대실 해밋 원작의 〈유리 열쇠〉(1942), 챈들러가 각본을 쓴 〈푸른 달리아〉에도 출연하였다. 파월은 〈카나리아 살인 사건〉(1929)에서 탐정 파일로 밴스를, 해밋 원작의 〈그림자 없는 남자〉(1934)에서는 해밋을 모델로 한 탐정 닉 찰스를 연기했다.

망나니 같아 보일 정도로요. 새삼스러운 얘기지만 보가트는 총이 없이도 거칠고 강한 느낌을 줄 수 있어요. 게다가 그 사람한테는, 그 은근히 신경을 거슬리게 하는 경멸감을 담은 유머 감각이 있죠. 래드는 거칠고 강렬하고 가끔 멋있기도 하지만, 결국에는 애들이나 떠올릴 법한 터프가이죠. 보가트는 진정한 물건입니다. 에드워드 G. 로빈슨[2]이 조금 더 젊었을 때처럼, 보가트 역시 등장하기만 해도 장면을 장악해 버리죠. 〈빅 슬립〉에는 불운한 뒷이야기가 있답니다. 요정 같은 동생 역을 맡은 아가씨가 너무 훌륭한 나머지 바콜 양을 완전히 뭉개 버렸거든요. 그래서 영화사에서 동생이 등장하는 최고의 장면들을 하나만 남기고 전부 잘라 버렸지요. 그 결과 영화는 장난이 되어 버렸고 하워드 혹스는 워너에 개봉하지 못하도록 고소하겠다고 위협했죠. 듣기로는, 한참 동안 실랑이를 한 끝에 하워드 혹스가 결국 물러섰고 상당 부분 재촬영을 했다더군요. 그 결과물은 아직 보지 못했습니다. 아직 시사회도 하지 않았으니까요. 하지만 혹스가 뜻대로만 했다면 그런 종류의 영화 중에서 최고일 겁니다. 나는 영화에 전혀 관여하지 않았는데 이 편지를 쓰다 보니 조금 후회가

---

2 챈들러의 첫 영화 〈이중 배상〉에서 주인공을 맡았던 배우.

되기도 해요. 뭐, 사실 완전히 관여하지 않은 건 아니지요. 혹스는 각본이 마음에 들지 않을 때마다 책을 다시 펼쳐 들고 그대로 찍고는 했다니까. 그리고 우리가 같이 의논했던 멋진 장면도 있었죠. 영화 마지막에 에디 마스와 그의 살인자들 때문에 보가트와 카멘이 가이거의 집에 갑니다. 보가트(말로)는 덫에 걸렸고 여자가 따라와서 그놈들이 여자를 안에 들여보낸 거지요. 말로는 여자가 살인자라는 사실도 알고 있고, 동시에 문을 나서는 첫 번째 사람이 기관총 세례를 받으리라는 것도 알고 있죠. 여자는 모르지만. 말로는 여자를 내보내서 그녀가 죽으면 갱들이 도망치리라는 것도, 그러면 당장은 자기 목숨을 지킬 수 있다는 것도 알고 있어요. 하지만 그는 신의 역할을 대신하고 싶지도 않고 카멘을 내보내서 위기를 모면하고 싶지도 않지요. 그렇다고 무가치한 생명을 살리면서 필립 시드니 경[3] 놀음을 하고 싶지도 않고. 그래서 그는 동전 던지기로 신에게 결정을 맡깁니다. 동전을 던지기 전에 말로는 큰 소리로 일종의 기도를 올리죠. 그 기도의 요지는, 말로 자신은 최선을 다했고, 신조차 강요할 권

---

3 필립 시드니는 엘리자베스 시대 유명인사로, 전쟁에서 상처를 입고 쓰러졌을 때 부상당한 다른 병사에게 "그대의 필요성이 나의 필요성보다 더 크다"며 자신의 물을 넘겨주었다는 일화로 유명하다.

리가 없는 결정을 내려야 하는 것은 자기 잘못이 아니라는 얘기예요. 이 모든 말썽이 일어나도록 한 권위자에게 결정을 맡기겠다는 겁니다. 동전을 던져서 앞면으로 떨어지면 여자를 내보내겠다고 하죠. 그리고 동전을 던지는데 앞면으로 떨어져요. 여자는 이 모든 일이 경찰이 올 때까지 자기를 잡아두려는 수작이라고 생각하죠. 그래서 여자는 떠나려고 합니다. 마지막 순간, 여자가 문고리에 손을 얹었을 때 말로는 마음이 약해져서 그녀를 멈추려고 달려들어요. 카멘은 말로를 향해 웃으며 총을 겨눕니다. 그러면서 문을 살짝 여는데, 관객들은 카멘이 이제 총을 쏠 것이고, 그녀가 이 상황을 무척 즐거워하고 있다는 걸 알 수 있죠. 바로 그 순간 문짝 너머로 기관총 소리가 터져 나오고 여자는 산산조각이 나 버립니다. 밖에 있던 총잡이는 사실 멀리서 사이렌 소리를 듣고는 놀라서 그냥 문에다 대고 방문자의 표식으로 총을 갈긴 거였죠. 누굴 맞힐 거란 생각 없이. 이 장면이 어떻게 됐는지 모르겠습니다. 작가들이 쓰지 않았거나 쓸 수가 없었을지도요. 아니면 보가트 씨가 이 장면을 안 찍으려 했을 수도 있고. 할리우드에서는 아무것도 장담할 수 없으니까요. 잘만 됐으면 모골이 송연한 장면이 되었을 텐데요. 언젠가 내가 한번 시도해 봐야겠어요.

(1946년 5월 30일)

◆ 영화 〈빅 슬립〉(1946)은 하워드 혹스 감독, 험프리 보가트와 로렌 바콜 주연으로 영화화되었다. 보가트와 바콜은 영화 〈소유와 무소유To Have and Have Not〉 촬영시 처음 만났는데 당시 두 사람은 스무 살 넘게 차이가 나는 데다 보가트가 결혼한 상태였음에도 사랑에 빠졌다. 〈빅 슬립〉의 제작사는 이런 점을 홍보에 활용하고자 했고, 두 배우의 성적인 긴장감을 극대화하는 대사들을 추가해 재촬영한다. 보가트와 바콜은 1945년 결혼하여 보가트가 사망할 때까지 여생을 함께했다.

추리소설을
효과적으로
화면에 옮기는
요소

조셉 시스트롬[1]에게.

1943년, 우리가 〈이중 배상〉을 작업중이었을 때, 당신은 탐정소설이나 추리소설로는 효과적인 영화를 만들 수 없다며, 살인자가 밝혀지는 절정의 순간이 영화에서는 결말까지 몇 분밖에 안 남았을 때 찾아오기 때문이라고 했지요. 당신이 틀렸음이 증명되었죠. 거의 바로 미스터리 영화가 유행하기 시작했으니까. 〈이중 배상〉이 그런 유행을 일으켰다는 데는 의심의 여지가 없습니다. 엄밀히 말해 〈이중 배상〉이 미스터리 영화는 아니지만요. 고전적인, 혹은 영국식 탐정소설에 대해서라면 당신의 말도

---

1 파라마운트의 제작자.

이론적으로 옳습니다. 그런 소설에서는 미스터리를 밝히는 순간이 바로 절정이죠. 추리소설을 효과적으로 화면에 옮긴 요소는 이미 종이 위에 존재했지만 당신은 가치가 어디에 있었는지를 알아차리지 못했죠. 내 추리소설 작법 이론에서 절대적인 요소는, 미스터리와 그 해결은 내가 '마티니에 담긴 올리브'라고 부르는 것일 뿐이고, 정말로 좋은 추리소설은 설사 누군가 마지막 장을 찢어 버렸더라도 읽게 된다는 것입니다.

출판을 통해 생계를 유지할 수 있는 작가라면 누구나, 시나리오 창작을 열등하며 불만족스러운 작업으로 여기게 되는 상황을 변화시킬 몇 가지 방법에 대해 당신과 논의하기를 고대합니다. 확신하건대 잘못은 매체에 있지 않습니다. 방금 '영국의 작가, 극작가, 작곡가 협회'에 대한 안내 책자를 받았는데 대단히 흥미롭게도 여기에 실려 있는 거의 모든 영국 시나리오 작가들이 극작가나 소설가로도 기재되어 있더군요. 이 사람들은 영화 시나리오 작업을 오직 무능한 삼류 글쟁이들이 하는 일이나, 이름이 좀 알려진 작가가 그저 돈을 벌려고 하는 일이라고 생각하지 않는 게 분명해요.

영국에서는 시나리오 창작을 존경받는 직업으로 여기는 것 같습니다. 프랑스도 그렇고. 할리우드에서도 그렇게 되도록 만들 방법을 찾아야 해요. 진심으로 말하건대, 이런 문제가 해결되지 않으면 할리우드는 영화 산업에서 세계를 이끌고 있는 현 위치를 결국 잃게 될 겁니다.

(1947년 12월 16일)

할리우드에
필요한 건
배짱뿐

제임스 샌도에게.

워싱턴에서 벌어지는 할리우드 쇼에 대한 내 생각을 물으셨
지요. 음, 나는 〈에이비의 아이리시 로즈Abie's Irish Rose〉[1]가 소
설이라고 생각하는 사람이 이런 종류의 조사를 지휘한다는 사실
이 정말 끔찍합니다. 건국의 아버지들Founding Fathers들에게 이
런 종류의 조사를 마이크로폰, 플래시벌브, 촬영 카메라로 지휘
하라는 의도는 없었으리라 믿어요. 그와 별개로, 연방대법원이
의회 위원회의 권한을 정의하고 제한할 때까지는(그리고 우리의

---

1   유대인인 에이비와 아이리시 가톨릭 집안의 로즈마리가 결혼하기 위해 가족
    을 속이는 코미디극. 1922년 초연하여 당시 최장기 공연을 기록한 브로드웨
    이 공연으로 1928년과 1946년에 영화로 만들어지기도 했다.

현 연방대법원이 법에 정통한 무리는 아니죠), 나는 위원회[2]가 어느 부분에서 권한을 넘어섰는지 알 수가 없군요.

명단에 오른 열 명은 적절한 법적 조언을 받지 못하고 있는 것 같아요. 그 사람들은 공산주의자임을 인정하기도, 부정하기도 두려워하더군요. 그러니까 자꾸 그릇된 논쟁을 일으키려고 하는 거죠. 만일 그들이 진실을 말했다면 법정에서 지금보다 훨씬 나은 상황을 맞았을 텐데요. 게다가 할리우드의 그들 고용주에 관해서라면, 더 이상 상황이 나빠질 게 뭐가 있겠습니까. 만일 내가 공산주의자임을 인정한다고 잭 워너가 나를 자른다면, 위원회에 대답을 거부해서 잘릴 때보다 워너는 법적으로 훨씬 더 취약한 위치가 될 텐데 말입니다. 영화 산업은 불명예를 입게 될 테고.

이 열 명의 사람들이 모두 확고한 신념을 지닌 공산주의자라는 말은 아닙니다. 세 명은 그런 것 같은데 적어도 두 명은 명백하게 아니고, 나머지는 도대체 이게 다 무슨 일인지 어리둥절한 상태인 것 같아요. 하지만 이 사람들에 대한 내 발언에 단서

---

2 비미활동위원회(HUAC: House Un-american Activities Committee). 하원에 설치된 미국 내 공산주의와 파시즘 활동을 조사하는 기구.

는 달아 두어야겠습니다. 비록 나는 그 사람들에게 아무 동정도 느끼지 않지만, 변호사에, 그것도 최악의 변호사에 돈을 들이는 것 외에 그들에게 엄청나게 끔찍한 일이 벌어질 거라고 생각하지는 않고, 내 경멸은 영화 산업 자체를 위해 남겨 두는 바입니다. 영화 산업처럼 규모가 큰 사업은 배짱이 좀 있는 사람이 이 끌어야만 합니다. 이 문제들은 현재 심리중이니, 이 사람들이 법적으로 어떤 유죄 선고도 받지 않은 이상, 제작자들은 그들을 죄인 취급하지 않겠다고 말할 만한 도덕성과 지성을 두루 갖춘 인물 말이지요.

가끔은 이 못난 사람들이 딱하게 느껴지기도 해요. 그 사람들은 너무 지독하게 겁을 먹은 나머지, 재차, 삼차의 부를 창출하지 못하죠. 사실 그 사람들은 그저 지독하게 겁에 질렸어요. 그 뿐입니다. 영화제작자협회에서 토머스 씨[3]에게, '그래요. 할리우드에 공산주의자들이 있을지도 모르죠. 누군지는 모르겠군요. 그래서 어쩌란 말입니까? 우리는 F.B.I가 아닙니다. 하지만 설사 안다 해도, 이 나라에는 법무장관이 있잖습니까. 법무장관은 이 사람들에게 어떤 죄도 묻지 않았어요. 의회는 현재든 미래든

---

3 당시 HUAC의 회장이었던 J. 파넬 토머스.

공산당 가입이 죄라는 법률을 제정한 바가 없습니다. 그렇게 되지 않는 한, 우리는 그 사람들을 다른 이들과 똑같이 대우할 겁니다'라고 말한다면 얼마나 멋지겠습니까? 제작자들이 이런 말을 할 배짱이 있었다면 어떤 일이 벌어졌을까요?

좋은 영화를 만들기 시작했겠죠. 좋은 영화에도 배짱이 필요하니까요. 지극히 같은 종류의 배짱 말입니다.

(1948년 1월 27일)

◆ 대공황과 제2차 세계대전 시기, 미국의 대중 문화와 예술 산업에 종사하는 이상주의자들은 공산주의에 우호적이었다. 하지만 전쟁이 끝나고 소비에트 연합의 위협적인 팽창을 바라보던 대다수의 미국인들은 공산주의를 두려워하고 경계하기 시작한다. 더불어 보수적인 공화당이 선거에서 압승을 거두자, 미국 내 공산주의자에 대한 축출 활동이 시작된다. 특히 의회 위원회 중 하나인 '하원 비미활동위원회(HUAC)'가 이 활동을 주도한다. 할리우드에서 활동하고 있는 작가, 배우, 연출가들 중에는 이미 유명한 공산주의자가 다수 있었고, HUAC는 할리우드에 대한 대대적인 조사에 착수한다. 1947년 위원회는 마흔세 명을 지목하여 '공산주의자가 아님

을 증명'하라고 했는데 그중 열아홉 명이 증거 제출을 거부한
다. 의회는 거부자 중 열한 명을 대상으로 위원회에 출석할
것을 요구한다. 이중 비우호적 증인으로 나중에 증언한 베르
톨르 브레히트를 제외한 열 명이 증언을 거부한다. 할리우드
텐(Hollywood Ten)이라고 불리는 이들은 대부분 시나리오 작
가였는데, 영화사 사장들은 영화제작자협회를 방패 삼아 이
들을 해고하고, 향후로도 고용하지 않겠다고 공식적으로 선
언한다(월도프 선언). 이 사건을 계기로 소문으로만 존재했던
블랙리스트의 실재가 확인되었으며, 이후 실제로 공산주의적
성향이 의심되는 인물들의 명단이 공개되기에 이른다.

이 명단은 지속적으로 추가되었고 명단에 오른 이들은 그
들의 실제 정치 성향과 관계 없이 공산주의자로 낙인 찍히며
심각한 타격을 입었다. 이 리스트는 1960년대까지도 암암리
에 상당한 영향을 미쳤다.

와식 작가와
긴 의자

칼 브란트에게.

영국에서는 작가들에게 얼마나 지불하는지 전혀 모르겠습니다. 할리우드에서도 지금은 어떤지 모르겠고. 유니버설에서 일할 때는 일주일에 평균 사천 달러 정도를 받았는데, 지금 내가 그 정도를 받을 수 있을지는 의심스럽군요.

MGM에서 일할 때는 그 사람들이 솔버그 빌딩이라고 부르는 추운 창고 같은 건물의 사층에서 일했습니다. 조지 하이트라는 괜찮은 제작자와 일했는데, 좋은 친구였지요. 그 무렵에 어떤 얼간이가 드러누울 수 있는 긴 의자를 없애면 작가들이 일을 더 많이 하리라 여기고 그런 결정을 내렸어요. 그래서 내 사무실에는 긴 의자가 없었지요. 나야 그런 사소한 일에 구애받는 사람이 아닌지라, 차에서 무릎 덮개를 꺼내 와서 바닥에 깔고 그 위에 누웠지요. 하이트가 방문했다가 그걸 보고 전화기로 달려가더니 줄거리 편집자에게 챈들러는 와푸식 작가이니 빌어먹을 긴 의자를 들여보내라고 소리치더군요. 하지만 그 추운 창고의 분위기가 너무 분주해서 집에서 일하겠다고 했지요. 그랬더니 그들이 말하길 매닉스[1]가 어떤 작가도 집에서 일하면 안 된다는 지시를 내렸다는 겁니다. 그래서 매닉스 정도 되는 거물이라면 자신의 마음을 바꿀 수 있는 특권쯤은 행사해야 한다고 말했지요. 결국 나는 집에서 일하게 되었고 그 창고에는 하이트와 의논을 하려고 서너 번 정도만 방문했답니다.

나는 세 군데 영화사에서 일해 봤는데 그중에서 파라마운트만 마음에 들었어요. 그들은 그럭저럭 '컨트리클럽' 같은 분위기를 유지하고 있었지요. 파라마운트에 있을 때 작가들이 모인 자리에서, 살면서 가장 재치 있는 말을 듣기도 했습니다. 해리 튜겐드가 어떤 영화배우에 대해 뱉었던 멋진 농담이 생각나는군요. 튜겐드가 제작자가 되려고 하면서 그에 대해 넌더리를 내던 때였죠. 그 사람은 이렇게 말했어요. "당신도 이 직업이 형편없다는 건 알겠죠. 자리에 앉아 그 새대가리 여자한테 진지하게 이

---

1 당시 MGM의 행정 부사장.

역할이 그 여자 경력에 도움이 될지 말지를 얘기하면서 동시에 여자가 덮치지 않게 조심해야 하니까." 그때 좀 순진한 젊은이가 끼어들었죠. "그 여자가 색정광이라는 얘긴가요?" 튜겐드는 얼굴을 찡그리고 한숨을 쉬며 천천히 말했죠. "뭐, 그렇겠지. 그 여자 입을 좀 다물게 할 수만 있다면 말이야."

(1948년 11월 26일)

히치콕에게
하는 충고

앨프리드 히치콕에게.

당신이 〈열차 안의 낯선 자들Strangers on a Train〉 원고와 관련한 나의 연락을 깡그리 무시하는 데다 그에 대한 어떤 언급도 하지 않았고, 내가 실제 시나리오를 쓰기 시작한 이래 당신에게서 어떤 말 한 마디도 듣지 못했지만, 이 모든 것에 대해 불만은 전혀 없다고 하겠습니다. 이런 과정이 할리우드의 표준적인 악행의 하나인 듯하니까요. 그런 사실들이 있고 문장이 지극히 번거롭게 꼬이긴 했지만, 단지 기록을 남기기 위해서 최종 원고라고 명명된 것에 대해 몇 가지 사항을 언급해 두고자 합니다. 당신이 내 원고에서 이런저런 잘못을 찾아내고 그러저러한 장면은 너무 길다거나, 또 이런저런 구조는 너무 이상하다고 생각한대도 이해할 수 있습니다. 당신이 특별히 원했던 것에 대해 마음을 바꾼다고 해도 이해합니다. 그런 심경의 변화는 외부에서 올 수도 있으니까요. 내가 이해할 수 없는 점은 당신이 생명력과 활기를 지닌 원고를 그렇게 무기력하고 진부한 쓰레기로 바꾸어 버리도록 허락했다는 사실입니다. 인물들은 특징이 없어졌고, 대사는 같은 말을 두 번씩 반복하거나 배우나 카메라가 암시할 만한 여지를 남기지 않는 등, 작가들이 그렇게 쓰면 안 된다고 배우는 종류가 되었더군요.

어쩌면 당신은 카메라의 각도나 배우의 동작, 부차적인 흥미로운 사건들로 기본적인 줄거리의 비현실성을 보완할 수 있다고 믿는 부류의 감독인지도 모르겠군요. 그렇다면 당신이 틀린 것 같습니다. 문제에서 빠져나갈 수 있다고 해서 당신이 옳다고 증명하는 건 아니라는 생각이 듭니다. 기본이 탄탄한 영화란 기본을 탄탄하게 제작하는 것 이외의 방식으로는 만들어질 수 없다고 생각하기 때문이죠. 암퇘지 귀는, 설사 누군가 액자에 담아 벽에 걸어 놓고 프렌치 모던이라 부른다 한들 암퇘지 귀로밖에 안 보일 겁니다. 친구로서 그리고 지지자로서, 당신의 길고도 성공적인 경력에서 단 한 번만이라도 정상적이고 탄탄한 이야기를 각본에 넣기를, 그리고 흥미로운 카메라 연출이라는 명목으로 그 타당성을 조금이라도 훼손하지 않기를 바랍니다. 필요하다면 카메라를 희생해요. 그만큼 괜찮은 카메라 연출은 언제나 또 있기 마련이니까. 그만큼 괜찮은 동기란 또 있을 수 없는 법이죠.

(1950년 12월 6일)

◆ 〈열차 안의 낯선 자들〉(1951)은 패트리샤 하이스미스의 처녀작을 원작으로 한 영화다. 히치콕은 챈들러 이전에도 수많은 작가들과 접촉했는데, 그중에는 대실 해밋도 있었다. 해밋의 거절로 챈들러가 각색 작업을 맡게 되었으나, 챈들러는 히치콕과 결코 잘 어울리지 못했다. 챈들러가 히치콕을 공개적으로 모욕한 이후(차에서 내리는 히치콕을 보며 히치콕에게 들리게 "저 뚱보 개새끼 좀 봐"라고 말했다고 한다), 히치콕은 챈들러가 초고와 교정을 마칠 때까지 일체의 접촉을 거부했고 결국 챈들러는 해고되었다. 이후 다른 작가를 섭외한 히치콕은 그 앞에서 챈들러의 초고를 쓰레기통에 집어넣었다고. 혹시 이 편지도.

할리우드에서
살아남는
방법

데일 워런에게.

할리우드에서 살아남으려면 어떻게 해야 하는지 나한테 묻는 겁니까? 글쎄요, 개인적으로 나는 상당히 재미있었습니다. 하지만 얼마나 오래 버티느냐는 어떤 사람들과 일하느냐에 따라 크게 달라지죠. 개자식들도 정말 많이 만날 테지만, 그들도 대부분 어떤 미덕을 갖추고 있어요. 정말로 공정한 기회를 제공하는 감독이나 제작자와 팀을 이룰 수 있는 작가는 일에서 커다란 만족감을 누릴 수 있지요. 불행히도 그런 일이 자주 있지는 않지만. 할리우드에 가서 그저 돈을 벌 목적이라면, 상당히 냉정해져야 하고 자기가 하는 일에 너무 신경을 쓰면 안 됩니다. 그리고 영화라는 예술을 진심으로 믿는다면, 정말 오랜 시간이 걸리는 일이니 다른 글을 쓰려는 생각은 아예 접어 두어야 하지요.

글 그 자체에 집착하는 건, 좋은 영화에는 치명적인 일입니다. 영화는 글을 위한 매체가 아니에요. 내 기호에 맞지는 않지만, 한 이십 년 전에 시작했다면 구미에 맞을 수도 있었겠죠. 그러나 이십 년 전이라면 물론, 나는 거기에서 무엇도 이루지 못했을 것이고, 많은 위대한 사람들 역시 마찬가지였겠죠. 유명해지기 전까지는, 그리고 남에게 없는 어떤 재능을 갈고 닦기 전까지는 누구도 당신을 원하지 않아요. 내가 쓴 영화 속 최고의 장면들은 실질적으로 단음절로 구성된 장면들이었습니다. 내 생각에 내가 쓴 가장 짧은 최고의 장면은, 한 여자가 매번 다른 억양으로 "으음" 하고 세 번 내뱉는 장면이었어요. 그 장면에 필요한 건 그게 전부였으니까. 좋은 영화 대본의 빌어먹을 점은 가장 중요한 부분이 삭제되어 버린다는 거죠. 왜냐, 카메라와 배우가 더 잘, 더 빨리 표현할 수 있으니까. 무엇보다 속도가 빨라지지요. 하지만 어쨌든 처음에는 대본에 있어야만 하는 겁니다.

(1951년 11월 7일)

목을 내놓을
준비는
되어 있다

에드워드 웍스에게.

할리우드에 대해 다소 신랄한 이야기들을 몇 개 썼더니, 작가들이 경고하기를 내가 자멸한 거라고 하더군요. 하지만 어떤 고위 임원도 나에게 비판적인 말을 한 적은 없어요. 할리우드 사람들은 대단히 과소평가된 것 같습니다. 많은 이가 나와 똑같은 생각을 합니다만 감히 내뱉지 않을 뿐이에요. 그러니 그 말을 나서서 해 주는 누군가에게 오히려 고마워하죠. 나는 그 사람들을 다루는 방법이 오직 하나뿐임을 예전부터 알고 있었어요. 어떤 협상에서건, 목을 내놓을 준비를 하고 있어야 한다는 겁니다. 작가에게는 신께서 주신 배짱이라는 무기밖에 없는 법. 작가란 언제나 한 시간이면 자기를 뭉개버릴 수 있는 힘을 가진 조직과 맞서고 있지요. 그러니 작가가 할 수 있는 일이라고는, 자신이 그들에게 줄 무언가를 갖고 있을지도 모르니 자신을 뭉개버리는 건 실수라고 그들을 납득시키는 것뿐입니다.

거물과의 거래는 상당히 근사하다는 점을 깨달았습니다. 그 사람들은 굉장히 냉혹해 보였고, 아무것도 인정하지 않았으며, 자기들이 나를 던져 버릴 수 있음을 알고 있었죠. 어떤 면에서는 내가 아무것도 아니라는 점도, 할리우드 소속 작가라면 거물 보스에게 하지 않을 말을 한다는 점도 알고 있었고. 하지만 어찌 됐든 그 사람들은 워낙 똑똑해서 그런 데 분개하지 않았죠. 그리고 결국은 그들이 내 그런 점을 좋아하는 게 아닌가 싶은 생각까지 들었지요. 적어도 그 사람들이 나를 해하려고 한 적은 없으니까요. 게다가 몇몇은 대단히 영리하기도 하고요. 바라건대 이제껏 한 번도 쓰인 적이 없는 할리우드 소설을 써 보고 싶습니다. 하지만 그러려면 내 하찮은 기억력보다 훨씬 더 선명한 기억력이 있어야 하죠. 전체적인 배경이 너무나 복잡한데, 그 모든 게 쓰이지 않으면 그저 또 하나의 왜곡된 작품에 불과하니까요.

(1957년 2월 27일)

4장

필립 말로

필립 말로의
양심

데일 워런에게.

《애틀란틱》에 쓴 글 때문에 엄청나게 곤란한 상태에 처했어요. 필립 말로 씨, 근무중일 때는 결코 자기 의뢰인과 자지 않는, 단순하고 알코올 중독증이 있는 그 속물이 나를 북돋우려 애쓰고 있습니다. 그가 말하더군요. "나를 지하실에 가둬 둔다는 게 대체 무슨 뜻입니까? 이제 당신은 영어를 좀 쓸 줄 아는 사람임이 밝혀졌으니 가서 일을 해요. 나에 대해서 쓰라고요." 그 결과가 어떨지 상상이 갑니다. 내가 만일 《애틀란틱》에 또 다른 글을 쓴다면, 말로는 나한테 각반이며 외알 안경을 요구하고 골동품을 모으기 시작할 겁니다.

내가 받은 것처럼 소소한 관심일지라도, 관심을 끈다는 것에는 분명 단점들이 있어요. 사람들이 이렇게 하라고 말하기 시작하고, 자신도 그 말들을 따르려 하기 시작하죠. 글을 쓰기 시작했을 때 내가 원했던 것은 매혹적인 새로운 언어를 다루는 것이었습니다. 그리고 비지성적인 사고 수준에 머무를지 모르지만, 보통은 문어적인 형태로만 말해지던 것들을 말하는 것이 힘을 지닌 표현의 수단으로써 어떨지 확인하고 싶었어요. 내가 쓰는 이야기가 어떤 종류인지는 정말로 신경 쓰지 않았습니다. 그저 멜로드라마를 썼지요. 주변을 둘러보니 멜로드라마가 그나마 정직하면서, 누군가의 노선도 넘지 않는 것 같았기 때문입니다. 그랬더니 이제 문장을 논하는 사람이 있는가 하면, 나한테 사회적 양심이 있다고 하는 사람들이 있더군요. 필립 말로에게 사회적 양심이라고는 말馬이 가진 것만큼이나 없어요. 다만 개인적 양심이 있을 뿐이죠. 이 둘은 극히 다른 문제입니다.

내가 삶의 추악한 면에 주목한다고 생각하는 사람들이 있더군요. 하느님 맙소사! 내가 그런 얘기는 거의 하지 않는다는 걸 좀 알아야 할 텐데요! 필립 말로는 대통령이 누군지 따위에는 관심이 없어요. 나도 그렇죠. 대통령도 정치인일 테니까요. 심지어 내가 프롤레타리아 문학을 잘 쓸 거라고 하는 사람도 있었습니다. 제한적인 내 세계 안에 그런 글을 쓸 동물은 없을뿐더러, 있다고 하더라도 나는 전통과 오랜 면학에 의해 완성된 속물이기 때문에 세상에서 그런 문학을 좋아할 마지막 인물일 겁니다. 필립 말로와 나는 상류층 사람들이 욕조에 몸을 담그고 돈이 있기 때문에 그들을 경멸하는 게 아니에요. 우리가 그 사람들을 경멸하는 이유는 그들이 위선적이기 때문입니다.

(1945년 1월 7일)

필립 말로의
정의

존 하우스먼에게.

이번 주 《타임》에서는 필립 말로를 "부도덕하다"고 하더군요. 정말 터무니없는 소리죠. 말로의 지성이 나와 대등하고(더 높을 수는 없겠죠), 그에게 자신의 이익을 추구할 수많은 기회가 마땅히 있다고 가정할 때, 그는 왜 턱없이 적은 돈을 받으면서 일을 하는가, 그에 대한 답이 이 전체 이야기입니다. 항상 에둘러 쓰이지만 한 번도 완전히, 혹은 명쾌하게 쓰이지 않은 이야기 말이지요. 이 이야기는 기본적으로 정직한 사람이 타락한 사회에서 괜찮은 삶을 살아가기 위해 투쟁하는 이야기입니다. 불가능한 싸움이죠. 이길 수는 없어요. 그는 가난하고 고통스러워지고, 농담과 사소한 불법으로 무마해 가며 살거나, 혹은 할리우드 제작자처럼 타락하고 사교적이며 무례해질 수 있겠지요. 오랜 시간 준비해야 하는 전문직 두세 종을 제외하면, 이 시대에 한 남자가 어느 정도 타락하지 않고, 성공이란 언제 어디서나 부정한 돈벌이이게 마련이라는 냉혹하고 명백한 사실을 받아들이지 않고서는, 삶에서 적절한 풍족함을 누릴 방법이 전혀 없다는 씁쓸한 현실 때문이죠.

내가 쓰는 이야기는 명백히 추리소설입니다. 나는 그 이야기들 뒤에 다른 이야기를 숨기지 않았어요. 그만큼 훌륭한 작가가 아니기 때문이죠. 그렇다 한들 말로가 당신이나 나보다 훨씬 명예로운 남자라는 기본적인 사실은 변하지 않습니다. 말로를 연기하는 보가트를 얘기하는 게 아닙니다. 내가 말로를 창조했기 때문도 아니에요. 나는 그를 창조하지 않았습니다. 소설이기 때문에 필요한 몇 가지 개성적인 면만 제외하면 나는 모든 면에서 본질적으로 말로와 똑같은 사람을 수십 명쯤 봤습니다(그중 몇 사람은 심지어 그 소설적 개성마저 갖추고 있었죠). 그들은 모두 가난했어요. 앞으로도 계속 가난할 겁니다. 그 외에 무엇을 누릴 수 있겠습니까.

(1949년 10월)

필립 말로의
인생

D. J. 아이버슨[1]에게.

필립 말로의 인생에 이렇게 깊은 관심을 가져 주어서 정말 고맙습니다. 그의 생년월일은 정확하지 않습니다. 어디선가 자신이 서른여덟 살이라고 말한 것 같은데 그건 꽤 한참 전 일이고, 현재 더 나이를 먹지는 않았어요[2]. 이런 건 그저 받아들여야만 하는 사실이랍니다. 그는 미국 중서부가 아니라 산타로사라고 불리는 캘리포니아의 작은 마을에서 태어났어요. 지도를 보면 알겠지만, 샌프란시스코에서 북쪽으로 팔십 킬로미터 정도 떨어

---

1 영국인 독자.

2 『기나긴 이별』에서 말로는 스스로 마흔두 살이라고 말한다.

진 곳에 있습니다. 산타로사는 과일과 식물 원예가로 한때 상당히 명성을 날린 루서 버뱅크의 고향으로 유명한 곳이죠. 히치콕의 영화 〈의혹의 그림자Shadow of a Doubt〉의 무대가 된 곳이라는 사실은 아마 그렇게 잘 알려져 있지 않을 텐데, 그 영화 대부분이 바로 산타로사에서 촬영되었지요. 말로는 부모 얘기를 한 적이 없고, 살아 있는 친척도 확실히 없습니다. 필요하다면 수정할 수 있으리라 생각되지만. 그는 유진에 있는 오리건 대학이나, 오리건 코밸리스에 있는 오리건 주립 대학에 이 년 정도 다녔습니다. 어쩌다 남부 캘리포니아로 오게 되었는지는 모르겠군요. 다만, 사람들 대부분이 결국은 캘리포니아에 오게 되더라는 점만 알고 있을 뿐이죠. 그 사람들이 다 여기에 머물지는 않지만요. 말로는 보험 회사 조사원으로 좀 일했고, 나중에는 로스앤젤레스 지방 검사 밑에 조사원으로 있었던 듯합니다. 그렇다고 해서 그가 경찰이었다거나 체포할 권리가 있었다는 건 아니지만요. 말로가 직업을 잃게 된 경위라면 나야 잘 알고 있지만 자세하게 알려줄 수는 없습니다. 그저 책임자들이 유능함을 전혀 바라지 않았던 때, 그런 장소에서, 그가 약간 지나치게 유능했다는 정도로 만족하기 바랍니다. 말로는 백팔십 센티미터 중반 정도 되는 키에 팔십육 킬로그램 정도 나갑니다. 머리색은 진한 갈색이고, 갈색 눈동자를 지녔으며, '그런대로 괜찮은 외모'라는 말에는 전혀 만족하지 않을 겁니다. 나는 그가 거칠어 보이지는 않는다고 생각해요. 거칠게 보일 수는 있지요. 나한테 그를 가장 잘 연기할 배우를 뽑으라고 한다면 캐리 그랜트[3]를 뽑겠어요. 나는 말로가 그만하면 옷을 잘 입는다고 생각합니다. 옷이라든가 그 비슷한 것들에 투자할 돈이 거의 없다는 점은 분명해요. 뿔테 선글라스가 그를 돋보이게 해 주진 않지요. 남부 캘리포니아에선 모든 사람이 언제든 선글라스를 쓰거든요. 말로가 심지어 여름에도 '잠옷'을 입더라는 당신의 말은 무슨 뜻인지 알수가 없더군요. 안 그런 사람도 있습니까? 나이트셔츠[4]를 입을 거라고 생각했나요? 혹은 기후가 뜨거우니 알몸으로 잘지도 모른다는 얘기입니까? 그럴 수도 있겠지만 여기는 밤이면 그다지 덥지 않아요. 말로의 흡연 습관에 대해서는 당신이 상당 부분 옳습니다. 그가 카멜을 고집한다고 생각하진 않지만요. 어떤 담배든 즐기죠. 여기서는 영국처럼 담배 케이스를 쓰는 경우가 많지 않아요. 말로는 안전성냥인 종이 성냥은 전혀 쓰지 않습니다.

---

3 캐리 그랜트는 영국 출신의 미국 배우로, 할리우드 신사의 전형을 세웠다고 일컬어지며 제임스 본드 캐릭터를 만들 때 캐리 그랜트를 바탕으로 했다는 일화도 있다.

4 잠옷으로 입는 헐렁한 셔츠.

부엌용이라고 부르는 큰 나무 성냥이나, 종류는 같지만 조그만 상자에 담겨 있는 좀 더 작은 성냥을 쓰는데, 이 성냥은 어디에나 그을 수 있고 날씨가 충분히 건조하기만 하다면 엄지손톱에도 그을 수 있어요. 사막이나 산에서는 손톱에 성냥을 그어 불을 일으키기가 꽤 쉽습니다. 하지만 로스앤젤레스 부근은 습도가 대단히 높지요. 말로의 음주 습관은 당신이 기술한 대로입니다. 다만 버번보다 라이 위스키를 선호하는 것 같지는 않아요. 달콤하지만 않으면 말 그대로 아무거나 마실 겁니다. 핑크 레디나 호놀룰루 칵테일, 크렘 드 망트 하이볼 같은 특정 음료는 모욕적이라고 생각할 테고요. 그래요, 말로는 커피를 잘 끓이죠. 이 나라에 사는 사람이라면 누구나 커피를 잘 끓입니다. 영국에서는 상당히 불가능해 보이지만. 그는 자기 커피에 크림과 설탕은 넣지만 우유는 넣지 않아요. 때로는 설탕 없이 블랙으로 마시기도 하죠. 아침 식사는 스스로 만들어 먹지만 다른 끼니는 직접 하지 않습니다. 늦잠을 자는 편이지만, 필요할 때면 일찍 일어나기도 하지요. 우리 모두 그렇잖아요? 그의 체스 실력이 시합에 나갈 정도는 아닌 것 같습니다. 그가 라이프치히에서 발행된, 경기에 대한 작은 책자를 어디서 얻었는지는 모르겠지만, 말로는 그 책을 좋아하죠. 체스보드의 기보 표기법에서 대륙적인 방식[5]을 선호하거든요. 카드를 잘 치는지도 모르겠군요. 잊어버렸어요. 그

가 "동물을 적당히 좋아한다"는 건 무슨 뜻인가요? 당신이 아파
트에 살고 있다면 '적당히' 정도가 당신이 동물에게 느낄 수 있
는 애정일 겁니다. 내 생각에 당신은 별 뜻 없이 언급된 내용을
확고한 취향을 나타내는 표시로 해석하는 듯합니다. 여성에 대
한 "노골적인 성욕"이라는 말은, 당신 말이지 내가 한 말이 아닙
니다.

말로는 브린모어 대학[6]의 악센트를 구분할 수가 없어요. 그
런 건 없으니까. 그런 표현을 통해서 거들먹거리는 화법을 쓰
고 있다고 암시하고자 할 뿐이죠. 말로가 진짜 고가구와 가짜 고
가구를 구분할 수 있을지도 상당히 의심스럽습니다. 실례되지
만 많은 전문가들 역시 그렇지 않을까 의구심이 드는군요. 가짜
가 그만큼 훌륭하다면 말이지요. 에드워드 시대 가구와 라파엘
전파[7]의 예술은 넘어가지요. 당신이 말하는 사실들이 어느 부분
에 나오는지 기억나지 않는군요. 말로의 향수에 대한 지식이 샤

---

5   챈들러가 말하는 대륙적인 방식이란 체스보드의 칸을 숫자와 알파벳으로 간
    략하게 표기하는 대수표기법(algebraic notation)을 지칭하는 것으로 추정된
    다. 대수표기법은 19세기부터 일반화되었으며, 영국을 제외한 유럽 대륙에
    서는 그 이전부터 대수표기법을 주로 사용했다.

6   미국 명문 여자 대학.

넬 No.5에 그친다고 하지는 않겠습니다. 이것 역시 단순히, 값비싼 동시에 합리적으로 절제되어 있는 무언가의 상징일 뿐입니다. 말로는 약간 톡 쏘는 향수라면 뭐든 좋아하지만, 지나치거나 향이 강한 종류는 좋아하지 않죠. 당신도 알지 모르겠지만 그는 약간 톡 쏘는 인간입니다. 물론 그도 소르본이 뭔지 알죠, 심지어 어디에 있는지도 알고 있고. 물론 탱고와 룸바의 차이를 압니다. 콩가[8]와 삼바의 차이도 알고, 삼바와 맘바[9]의 차이도 알아요. 맘바가 질주하는 말을 따라잡을 수 있다고 믿지는 않지만. 맘보라고 불리는 새로운 춤을 아는지는 모르겠군요. 아주 최근에야 발견, 혹은 개발된 것 같으니까.

어디 보자, 우리 어디까지 했죠? 당신은 말로가 꽤 정기적으로 영화를 보러 가고 뮤지컬은 싫어한다고 했죠. 그렇습니다. 오손 웰즈[10]의 추종자일지도 모르겠군요. 오손이 자기 말고 다

7　1840년대 말, 라파엘로 이전 이탈리아 화가들의 작품에서 영감을 찾고자 영국에서 일어났던 예술 운동.

8　아프리카 타악기로 일종의 북.

9　세계에서 가장 **빠르고** 위험한 독사.

10　영화 〈시민 케인〉의 주연 배우이자 감독.

른 누군가가 연출하는 작품에 나올 때면 특히 더 좋아하죠. 말로
의 독서 습관이나 음악적 취향은 당신만큼이나 나도 아는 바가
없습니다. 즉흥적으로 지어내려 들면, 나 자신의 취향과 혼동하
게 될까 봐 못하겠네요. 왜 그가 사립탐정이 되었는지 묻는다면
나도 답할 수 없습니다. 스스로 탐정이 아니었으면 좋겠다고 생
각할 때가 분명 있지요. 내가 작가만 아니면 뭐든 괜찮겠다 싶을
때가 있는 것처럼. 소설의 사립탐정이란 현실의 남자처럼 행동
하고 말하는 허구의 창조물이죠. 그는 한 가지를 제외하면 나머
지 모든 면에서 완벽하게 현실적일 수 있습니다. 그 한 가지란,
우리가 아는 삶에서라면 그런 남자가 굳이 탐정 일을 하지는 않
을 거라는 점입니다. 그에게 일어나는 일들 역시 여전히 일어날
수 있겠지만, 기이한 일련의 우연들이 쌓일 때에만 일어나는 일
들이죠. 그러니 사립탐정으로 만들어서 그가 겪는 모험들을 정
당화해야 할 필요를 건너뛰는 겁니다.

  그는 어디에 사는가. 『빅 슬립』과 초기작들에서 보면 그는 접
이식 침대, 접으면 벽으로 들어가고 바닥 쪽에는 거울이 달린 침
대가 딸린 원룸 아파트에서 살았죠. 그다음에는 『빅 슬립』에서
조 브로디라는 인물이 살았던 아파트와 유사한 아파트로 이사했
습니다. 바로 그 아파트일 수도 있어요. 살인 사건이 벌어진 덕
에 싸게 얻었을지도 모르죠. 확실치는 않지만, 이 아파트는 사

층에 있는 것 같습니다. 복도와 바로 연결된 거실이 있고 반대쪽에는 장식용 발코니로 통하는 프랑스식 유리창이 있는데, 그 발코니는 그저 관상용이지 나가 앉을 수는 없는 그런 거죠. 문간에서서 오른쪽 벽에는 대형 소파가 있습니다. 왼쪽 벽에는, 아파트 복도 쪽 가까이에 안쪽 거실로 통하는 문이 있고, 그 문 너머안쪽 벽면에는 접이식 보조판이 달린 오크 나무 책상, 안락의자등등이 놓여 있지요. 또 그 너머에는 조그만 식당과 부엌으로 이어지는 아치형 입구가 있죠. 미국의, 적어도 캘리포니아의 아파트에는 있는 다이닛이라고 불리는 이 공간은, 그저 부엌에서 아치나 붙박이 찬장으로 적당히 분리한 공간입니다. 아주 작을 테고, 부엌 역시 아주 작겠죠. 거실에서 집안 복도로 들어서면 오른쪽에 욕실 문이 있고, 똑바로 계속 가면 침실이 나옵니다. 침실에는 커다란 벽장이 있겠지요. 이런 종류의 건물에 있는 욕실이라면 욕조 안에 샤워기가 있고 샤워 커튼이 달려 있을 겁니다. 어느 방이나 매우 크지는 않아요. 가구까지 포함해서 아파트 집세는, 말로가 들어갔을 즈음엔 한 달에 육십 달러 정도였을까. 지금 얼마일지는 신만이 아시겠죠. 생각하기도 겁이 납니다. 한달에 구십 달러 밑은 아닐 텐데, 아마 더 나갈 거예요.

　말로의 사무실에 대해서라면 기억을 되살리기 위해 언젠가 다시 한 번 살펴봐야겠습니다. 내 생각엔 북쪽에 면한 건물 육층에 있는 것 같은데, 창문은 동쪽으로 나 있고. 하지만 확실하지 않아요. 당신이 말했듯이, 대기실은 사무실의 반으로, 아마도 건물 끝 쪽에 있는 사무실 공간의 반 정도 크기이고, 사무실과 대기실은 두 개의 방을 개조한 것으로, 각 방에는 별개의 입구가 달려 있고 좌우로는 옆방으로 통하는 문이 달려 있죠. 말로는 대기실과 연결된 내실을 개인 사무실로 쓰고 있으며, 대기실 문이 열리면 사무실에 버저가 울리도록 연결해 두었지요. 하지만 이 버저는 토글스위치를 눌러 끌 수 있어요. 말로는 한 번도 비서를 둔 적이 없습니다. 자동응답 서비스를 신청하는 거야 아주 쉬운 일이지만, 어떤 책에서도 그것을 언급한 기억이 없군요. 그의 책상에 유리판이 깔려 있는지도 생각나지 않지만, 그런 말을 했을 수도 있어요. 사무실용 술병은 서류 보관용 책상 서랍에 들어 있습니다. 그 서랍은 미국 사무실 책상에는 보통 달려 있는 서랍으로(아마 영국도 그렇겠죠), 깊이가 일반 서랍의 두 배 정도이고 서류철을 보관하도록 해 놓은 건데 그렇게 쓰이는 경우는 거의 없죠. 사람들 대부분은 자기 서류철을 서류 보관함에 따로 보관하니까. 이런 세부적인 사항들은 머릿속에서 상당히 휙휙 스쳐가는 것 같습니다. 말로가 쓰는 총도 꽤 다양하죠. 처음에는 독일제 루거 자동 권총으로 시작했지요. 그는 다양한 구경의 콜트식 자동 권총을 소유했던 것 같은데, 38구경 이상은 쓰지 않았고, 내가 마지막에 듣기론 스미스 앤드 웨슨 사의 38구경 스페셜을 가지고 있다더군요. 아마 총신이 십 센티미터 정도 될 거예요. 아주 화력이 센 총이죠. 가장 센 제품인 건 아니지만, 납 탄약통을 사용하는 자동 권총보다 좋은 점이 있어요. 딱딱한 표면에 떨어뜨려도 막히거나 발사되지 않고, 아마도 짧은 거리에선 45구경 자동 권총만큼 효과를 발휘할 겁니다. 총신이 십오 센티미터라면 더 좋겠지만 그러자면 들고 다니기에 너무 눈에 띄니까요. 십 센티미터만 돼도 그다지 편리하지는 않아서, 경찰 수사관들은 보통 총신의 길이가 육 센티미터 정도인 총들을 소지하고 다니죠.

이 정도가 지금 당신한테 말해 줄 수 있는 전부입니다만, 또 알고 싶은 게 있다면 다시 편지해요. 문제는, 당신이 나보다 필립 말로에 대해 정말로 더 많이 아는 듯하다는 겁니다. 당신이 나한테 묻기보다는 내가 당신한테 물어야 할지도 모르겠군요.

(1951년 4월 19일)

◆ 이 편지에 기재된 내용은 이후 『기나긴 이별』(1953)에서 말로의 일상을 묘사할 때 세세하게 구현되었다. 편지를 염두에 두고 의식적으로 묘사한 것이 아닐까 싶을 정도.

필립 말로의
성숙

잉그리스 씨[1]에게.

타락한 사회에 반항하는 것이 미숙한 것이라면, 필립 말로는 극단적으로 미성숙하지요. 더러운 면을 더럽다고 보는 것이 사회적 부적응이라면, 필립 말로는 사회 부적응자입니다. 물론 말로는 실패자이고 본인도 그 점을 알고 있어요. 그가 실패자인 이유는 가진 돈이 전혀 없기 때문입니다. 육체적인 장애가 없는데도 괜찮은 삶을 누리지 못하는 사람은 언제나 실패자이기 마련이고 대개는 도덕적인 실패자이죠. 하지만 아주 훌륭한 사람들도 실패자가 되는 일이 많습니다. 그들이 지닌 특별한 능력이 그

---

1 심리학자가 보기엔 말로가 감정적으로 미성숙할지도 모른다고 편지를 쓴 독자.

들이 살았던 시대와 장소에 어울리지 않았기 때문입니다. 길게 보자면 우리는 모두 실패자일 겁니다. 그렇지 않다면 오늘날 우리가 사는 세계가 이런 식이 되지는 않았겠죠. 하지만 말로가 실제 인물이 아니라는 점을 기억해야 합니다. 그는 환상의 산물이죠. 그가 그릇된 위치에 있는 이유는 내가 그를 그 위치에 밀어 넣었기 때문입니다. 실제 삶에서라면 그 같은 남자는 대학 교수가 아니듯이 사립탐정도 아니겠죠. 실제 삶에서 사립탐정이란 보통 험한 실전 경험이 많고 거북이 정도 지능을 지닌 전직 경찰이거나, 사람들이 어디로 이동했는지 추적하려 애쓰며 돌아다니는 추레하고 하찮은 작자니까요.

필립 말로가 다른 이들의 육체적 약함에 경멸을 품고 있다는 당신의 생각에는 아무래도 분개해야 할 것 같습니다. 당신이 어디서 그런 생각을 얻었는지도 모르겠고, 그렇게 생각하지도 않아요. 또한 말로가 항상 위스키에 절어 있다는 수많은 의견들도 좀 질리는군요. 내가 보기에 그렇게 말할 수도 있겠다 싶은 유일한 요소는 말로가 마시고 싶을 때 당당히 마시고 그 점을 언급하기를 주저하지 않는다는 것뿐입니다. 당신이 사는 지역에서는 어떤지 모르겠지만 내가 사는 지역에 있는 컨트리클럽과 비교해 볼 때, 말로는 교회 집사만큼이나 절제합니다.

(1951년 10월)

필립 말로의
운명

모리스 기네스[1]에게.

말로가 결혼해야 한다는 당신의 바람을 아무래도 내가 오해한 것 같습니다. 어쩌면 여자를 잘못 골랐을지도 모른다는 생각이 드네요. 하지만 사실상, 말로 같은 친구는 결혼해서는 안 됩니다. 그는 외로운 남자고, 가난한 남자고, 위험한 남자고, 그러나 동정심이 강한 남자죠. 왜 그런지 이 중 어떠한 점도 결혼과는 어울리지 않아요. 말로에겐 항상 아주 초라한 사무실과 고독한 집이 있고, 연애는 몇 번 했겠지만 영원한 관계는 없으리라 생각해요. 그는 항상 어떤 불편한 사람에 의해 어떤 불편한 시간

---

1 헬가 그린의 사촌이자 범죄소설가.

에 깨어나 어떤 불편한 일을 하게 되는 사람이라고 생각합니다. 그게 그의 운명인 것 같아요. 세상에서 가장 행복한 운명은 아니겠지만 어쨌든 그에게 어울리지요. 누구도 그를 패배시킬 수 없을 겁니다. 천성적으로 무적이니까요. 누구도 그를 부자로 만들지도 못할 겁니다. 가난할 운명이니까요. 어쩐지 나는 말로가 이와 반대로 되지는 않을 것 같고, 그러므로 말로가 결혼해야 한다는 당신의 생각은, 설사 아무리 멋진 여자와 하더라도, 상당히 그의 성격에 걸맞지 않는 듯합니다. 나에겐 항상 고독한 거리에서, 고독한 방에서 살며, 당황할 때는 있지만 결코 패배하지는 않는 그의 모습이 떠오릅니다.

추신. 나는 말로가 부유한 여자와 결혼하여 돈에 파묻혀 있는 상황을 쓰고 있지만, 지속될 것 같지는 않습니다.

(1959년 2월 21일)

◆ 말로는 미완성작 『푸들 스프링스Poodle Springs』에서 『기나긴 이별』의 등장인물이었던 재벌가의 여인, 린다 로링과 결혼한 상태로 등장한다. 앞서 헬가 그린에게 보낸 편지에서 챈들러는 "말로를 『기나긴 이별』에 나온 팔백만 달러를 지닌 여자

와 결혼시키겠다. 모리스가 말하길 말로가 결혼해야 한다는 데, 만일 말로가 그녀와 결혼한다면, 그녀가 말로에게 바라는 것과 말로가 스스로 바라는 것 사이의 대조가 근사한 하부 플롯이 될 것 같다"고 언급한 바 있다(1957.12.21.). 모리스 기네스에게 보낸 다른 편지에서 챈들러는 "당신 때문에 말로를 결혼할지도 모르는 상황에 두었다"고도 했는데, 말로의 결혼은 전적으로 챈들러 자신의 발상은 아니었던 것 같다. 다만, 챈들러 역시 말로라는 인물의 내면을 좀 더 그려 보고 싶어서 결혼이라는 지극히 사적인 장치를 수용한 것이 아닐까. 그러나 챈들러는 결국 작품을 완성하지 못했고, 로버트 B.파커라는 작가가 맡아서 완성했지만 좋은 평가를 얻지는 못했다.

5장

일상

캘리포니아

조지 하면 콕스에게.

나는 글로는 전혀 돈을 벌지 못했습니다[1]. 일하는 속도가 너무 느리고, 버리는 글도 너무 많아요. 게다가 내가 파는 글들은 내가 정말 쓰고 싶은 글이 전혀 아닙니다. 슬릭 잡지들이 선호하는 글들을 기고하며 살아가는 친구들이 부러울 때가 많아요. 그 친구들은 그런 글이 정말 좋다고 생각하니까요. 나는 그런 식으로는 생각할 수가 없습니다. 최근에 《포스트Saturday Evening Post》에 글을 하나 팔았습니다만[2], 순전히 샌더스가 성가시게 했기

---

1 이 편지를 쓴 해에 챈들러의 첫 장편 소설 『빅 슬립』이 출간되었다. 챈들러가 부와 명성을 얻기 시작한 것은 훨씬 뒤의 일이었다.

때문이죠. 별 생각 없이 쓴 얘기였습니다. 겉만 화려한 모든 슬릭 소설들처럼 인위적이고 진실하지 않으며, 감정적으로도 정직하지 못했어요. 샌더스도 그 이야기를 대단치 않게 생각하는 것 같더군요. 어쨌거나 샌더스는 그 얘길 팔았죠. 좋은 점이 하나라도 있는지 아직도 모르겠습니다. 인쇄본으로 읽었을 때는 괜찮다고 생각했지만, 인쇄본이란 영 믿을 수 없죠. 그 와중에 내가장 오랜 친구 하나는 그 이야기가 얼마나 형편없는지, 편지를 수고롭게 두 장이나 써 보냈더군요. 당신도 같은 경험이 있으리라 생각합니다. 무얼 하든 간에 뺨을 철썩 맞는 거죠. 그것도 대개는 예상치 못했던 각도로 말입니다.

당신 집은 완공이 되어서 입주한 건가요? 어떻게 지내고 있습니까? 내가 적절한 잡지를 읽었다면 알 수 있었겠지요. 동부에 자주 가서, 여름에는 너무 덥거나 모기가 많지 않고, 겨울에는 너무 지독히 춥지도 않은 곳을 찾아 봐야겠다 싶습니다. 동부에

---

2 당시 챈들러가 쓴 원고는 『기다리고 있을게I'll be waiting』(1939)이다. 앞서 슬릭 잡지에 팔았다는 바로 그 원고. 이 원고와 관련해서 챈들러는 후에 이런 편지를 썼다. "그들은 몇 가지를 변경하길 원했어요. 좀 더 부드럽고 로맨틱하게. 그래서 몇몇 변화를 주려고 시도한 끝에 마침내 수정을 마쳤죠. 그랬더니 결국 정확히 원래 쓴 원고대로 게재되었지요."(1953.8.3.)

그런 동네가 있을까요, 가난한 사람도 살 만한 곳으로? 캘리포니아와 캘리포니아 사람들에게는 질려 버렸어요. 물론 라호야는 좋습니다만 현실로부터의 도피처 같은 곳일 뿐이죠. 일상적인 곳은 아니에요. 어쨌든, 캘리포니아가 얼마나 좋은가, 혹은, 내가 얼마나 고집스러운가의 문제는 전혀 아닙니다. 이십 년을 살았어도 여전히 그 장소가 좋아지지 않는다면 가망이 없다고 봐야겠죠. 내 아내는 뉴욕에서 왔습니다. 그녀는 아주 더운 몇 달만 빼고는 캘리포니아를 좋아하죠. 하지만 캘리포니아에 위선자 비율이 증가하고 있다는 데는 나와 의견이 같습니다. 틀림없이 수년 내에, 혹은 수 세기 내에 이곳은 문명의 중심지가 될 거예요. 문명이 남아 있기만 하다면 말이죠. 하지만 다문화의 현장에는 끔찍할 정도로 질립니다. 나는 교양 있고, 우아하고, 사회적인 식견도 좀 있으며, 《리더스 다이제스트》보다는 조금 더 배우고, 삶의 자부심을 주방도구나 자동차로 표현하지 않는 사람이 좋습니다. 유대인을 믿지는 않지만, 정말 착한 유대인은 아마도 세상의 소금일 거라는 점은 인정해요. 손에 술잔을 들지 않고는 삼십 분도 앉아 있지 못하는 사람들은 싫습니다. 헨리 포드보다는 붙임성 있는 주정뱅이가 더 낫기야 하겠지만. 나는 보수적인 분위기, 과거의 감각이 좋습니다. 미국의 지난 세대들이 유럽에 가서 찾아 헤매곤 했던 모든 것들을 좋아하죠. 그러면서도 규칙에 얽매이고 싶지는 않습니다. 너무 많은 걸 바란다 싶은데, 결국 이렇게 쓰고 말았군요. 나는 마가렛 핼시[3]가 영국에 대해 좋다고 말한 모든 것들을 좋아하고, 그녀가 싫다고 한 것들 중에서도 많은 것들을 좋아합니다. 그건 내가 거기서 자라서 영국식 예절에 주눅이 들지 않기 때문이죠. 하지만 나는 마가렛 핼시가 싫습니다. 혹은 부자연스럽고 용두사미로 끝나는 재담을 단순한 진실보다 낫다고 여기는 작가들 모두가.

(1939년 10월 17일)

---

3 미국인인 마가렛 핼시(1910~1997)는 영국에서 잠시 살았던 경험을 바탕으로 『어떤 것들에 악의를 품다With Malice Towards Some』(1938)라는 책을 써서 베스트셀러 작가가 되었다.

편집자가
욕을 먹는
이유

찰스 모튼에게.

불만이 하나 있습니다. 아주 오래 묵은 건데, 적절치 않거나 시기에 맞지 않는 어떤 작품이 나왔을 때 보이는 그 차가운 침묵이나 시간 끌기 말입니다. 나는 이에 대단히 분개하는 바이며 앞으로도 그럴 겁니다. 작품이 괜찮다는 말은 며칠이면 들을 수 있는데, 작품이 안 좋다는 얘기를 하는 데만 몇 주씩 걸릴 리는 없잖습니까. 편집자들은 원고를 거절하기 때문에 적이 생기는 게 아닙니다. 다만 그 방식 때문에, 그 분위기의 변화며 답변의 지연, 그리고 원고 틈에 슬쩍 끼워놓는 그 비인간적인 쪽지 때문에 적이 생기죠. 나는 권력이나 거래를 싫어하는 사람이지만, 혹시 내게 있을지 모르는 권력의 모든 항목들을 가차 없이 거래하고 이용해야 하는 세계에 살고 있지요. 하지만 《애틀란틱》과 일할 때는 이런 문제가 전혀 없습니다. 나는 돈이나 어떤 특권 때문에 글을 쓰는 게 아닙니다. 다만 사랑 때문에, 어떤 세계에 대한 이상한 미련 때문에 글을 쓰는 거죠. 사람들이 치밀하게 생각하고 거의 사라진 문화의 언어로 말을 하는 그런 세계 말입니다. 나는 그런 세계가 좋습니다.

(1945년 1월 21일)

나의 비서,
나의 고양이

찰스 모튼에게.

잉크스테드라는 남자가 얼마 전에 《하퍼스 바자》에 실릴 내 사진을 몇 장 찍어 갔습니다. (도대체 왜 내 사진을 찍는지 아직도 모르겠어요.) 무릎 위에 내 비서를 안고 있는 사진이 특히 잘 나왔더군요. 주문한 잡지 열 몇 권이 도착하면 당신에게도 한 권 보내드리죠. 비서라고 하니 아마도 설명이 좀 필요할 것 같은데, 이제 열네 살이 된 검은 페르시안 고양이입니다. 내가 비서라고 부르는 이유는 내가 글을 쓰기 시작한 이후로 항상 내 주변에 있었기 때문이지요. 대개는 내가 사용하려고 하는 종이나 교정을 봐야 하는 교정지 위에 앉아 있지만 때로는 타자기 위로 뛰어오르기도 하고, 때로는 책상 구석 쪽에 앉아 먼 산을 바라보기도 하는데, 그럴 때는 꼭 이렇게 말하는 것 같죠. "지금 쓰고 있

는 그 원고는 시간 낭비야, 친구." 고양이 이름은 타키이고(원래
는 타케Take였지만, 그게 대나무를 뜻하는 일본말이고 두 음절
로 발음해야 한다고 설명하는 데 지쳐서요), 코끼리도 탐낼 정도
의 기억력[1]을 가지고 있습니다. 타키는 대개 정중하게 거리를 유
지하는 편이지만, 가끔 가다 따지기 좋아하는 마법에 걸려서 한
번에 십 분씩 말대답을 할 때가 있어요. 타키가 무슨 말을 하려
는 건지 알면 좋을 테지만, 결국은 '좀 더 잘 할 수 있잖아'를 아
주 냉소적으로 말하는 게 아닐까 싶습니다. 나는 평생 고양이를
사랑해 왔지만(엄청 놀아 줘야 된다는 것 외에는 개한테도 아무
반감 없습니다) 고양이를 이해할 수 있었던 적은 없지요. 타키
는 완벽하게 침착한 동물이고 고양이를 좋아하는 사람을 언제나
한눈에 알아봐서 그렇지 않은 사람에게는 근처에도 가지 않아
요. 얼마나 늦게 도착하든, 아무리 낯선 사람이든 상관없이 항
상 고양이를 정말 사랑하는 사람한테 곧바로 다가가죠. 하지만
그들과 많은 시간을 보내지는 않고, 그저 적당히 어루만지게 해
준 다음 유유히 떠나지요. 우리 고양이한테는 흥미로운 기술이

---

1 '코끼리는 절대 잊지 않는다(An elephant never forgets)'는 표현이 있을 정도로
   코끼리는 기억력이 좋은 동물이라고 한다. 애거서 크리스티는 『코끼리는 기
   억한다Elephants Can Remember』라는 제목의 책을 쓰기도 했다.

또 하나 있는데(희귀할 수도 있고 아닐 수도 있지만), 결코 무엇도 죽이지 않아요. 항상 산 채로 가져와서는 치우게 하죠. 타키는 여러 번 집 안에 비둘기니, 파란색 앵무새니, 커다란 나비 따위를 가져오곤 했죠. 나비나 앵무새는 전혀 다치지 않은 채로 마치 아무 일도 일어나지 않은 것처럼 가져왔어요. 비둘기는 좀 까다로웠던지, 분명 반항했겠죠, 가슴팍에 피가 좀 배어 있더군요. 하지만 조류 전문가에게 가져갔더니 금방 괜찮아졌어요. 그저 좀 창피해했을 뿐. 타키는, 쥐는 지루해하면서도 쥐 쪽에서 건드리면 잡아오긴 하는데, 그때는 내가 그놈들을 죽여야 하죠. 땅 다람쥐[2]한테는 좀 질린 편입니다. 땅 다람쥐 굴을 흥미롭게 지켜보긴 하지만 땅 다람쥐는 무는 데다, 어쨌든 누가 땅 다람쥐 따위를 원하겠습니까? 그래서 내키면 잡는 척 하는 정도지요.

타키는 우리가 가는 데라면 어디든 함께 가고, 전에 가 봤던 지역은 어디든 기억하며, 어디를 가도 금방 적응합니다. 한두 군데 정도에서는 짜증을 내기도 했지요. 왜인지는 모르겠어요. 그런 지역에서는 좀처럼 진정을 하지 않더군요. 나중에야 실마리를 좀 얻었죠. 한번은 전에 그 지역에 도끼로 사람을 죽인 사

---

2 땅속 굴에 사는 쥐처럼 생긴 동물.

건이 있어서 어딘가 다른 곳에 머무는 편이 더 나았던 상황이었답니다. 그 살인마가 돌아올 수도 있었다더군요. 이따금 타키는 나를 약간 특별한 표정으로 바라보곤 합니다. (내가 아는 고양이 중에서 사람 눈을 똑바로 들여다보는 고양이는 타키뿐입니다.) 아무래도 타키는 일기를 쓰는 것 같아요. 그 표정이 이렇게 말하는 것 같거든요. '이봐, 당신은 스스로가 대체로 제법 괜찮다고 생각하지? 내가 이따금 적어 놓은 글들을 출판하기로 결정하면 당신이 어떻게 느낄지 궁금하군.' 어느 순간 보면 타키가 한쪽 앞발을 느슨하게 들고는 무언가 생각하는 표정으로 들여다볼 때가 있어요. 아내는 타키가 손목시계를 사 달라고 하는 거라 생각하죠. 실용적인 이유가 있어서가 아닙니다. 타키는 나보다 더 시간을 잘 알거든요. 그보다는, 어쨌든 우리 모두는 장신구가 필요하니까요.

내가 왜 이런 얘기를 다 쓰고 있는지 모르겠습니다. 다른 얘기가 생각나지 않는 게 틀림없어요. 아니면, 이게 좀 으스스해지는 지점인데, 이 모든 걸 쓰고 있는 게 정말 나일까요? 어쩌면 그건…… 아니, 나여야만 하겠죠. 나라고 합시다. 무섭네요.

(1945년 3월 19일)

◆ 챈들러는 타키 이후에 기른 고양이에게도 같은 이름을 붙였는데, 이번엔 어린 수고양이였지만 타키와 달리 특별히 똑똑하진 않았던 것 같다.

내가
우리 고양이를
존경하는 이유

제임스 샌도에게.

당신 가족은 아주 화목한 것 같군요. 동물들까지 포함해서요. 우리 고양이 타키는 점점 폭군이 되어 가고 있습니다. 어디서든 자기가 혼자 있다는 사실을 깨달으면 누군가 달려올 때까지 소름끼치는 비명을 지르죠. 타키는 뒷문 포치에 있는 탁자 위에서 자는데 요즘은 일일이 올려 달라 내려 달라 요구합니다. 저녁 여덟시에는 따뜻한 우유를 주는데, 일곱시 반쯤 되면 벌써 우유를 달라고 소리를 지르기 시작합니다. 우유를 줘도 조금만 마시고는 의자 밑에 가 앉아서 다시 소리를 질러대기 시작해요. 자기가 다시 가서 우유를 한 모금 마시는 동안 누군가 곁에 서서 지켜봐 달라는 거죠. 손님들이 오면 타키는 그들을 한 번 살펴보고는 거의 곧장 호불호를 결정합니다. 좋다 싶으면, 유유히 다가가 쓰다듬기 좋은 정도의 거리를 두고 바닥에 털썩 주저앉죠. 맘에 들지 않으면, 거실 한가운데 앉아서 경멸하는 듯한 시선을 사방에 던지면서 엉덩이를 계속 닦아댄답니다.

더 어렸을 때는 손님이 떠나면 집 안을 가로질러 뛰면서 기뻐하다 소파에 멋들어진 발톱 자국을 남기곤 했지요. 무늬를 짜 넣은 비단 천으로 덮인 소파라 발톱 자국을 남기기 딱 좋아서 나중에는 결국 발톱 자국이 줄무늬가 되었어요. 하지만 지금은 우리 고양이도 게을러졌습니다. 개박하를 채운 쥐 인형조차 가지고 놀려고 하지 않아서 타키가 누운 채로 가지고 놀 수 있게 특정 자세로 들고 있어 줘야 하죠. 전에 당신에게, 우리 고양이가 아주 연약한 생명체들을 규칙처럼 상처 입히지 않은 채로 집에 들고 온다고 이야기한 적이 있는 것 같은데요. 확신하건대 타키는 절대 의도적으로 해를 입히지는 않습니다. 고양이란 참 흥미롭죠. 개와 다르게 아주 재치가 있어서, 조롱거리가 되어서 당황스러운 처지에 놓이거나 굴욕을 당하는 일이 없어요. 고양이가 타고난 천성에 따라 반쯤 죽어 가는 쥐에게 무기력한 탈출 시도를 반복시키며 노는 모습을 보는 것보다 더 끔찍한 일도 없을 겁니다. 우리 고양이를 내가 존경하는 이유는 이런 악마적인 가학성이 전혀 없기 때문입니다. 몇 년째 없는 일이지만, 타키가 쥐를 잡곤 했던 때는 쥐를 산 채로 멀쩡하게 물고 와서는 내가 자기 입에서 쥐를 꺼내게 했지요. 마치 이렇게 말하는 것 같았어요. '자, 여기 빌어먹을 쥐 가져왔어. 잡기야 했지만 사실 이건 당신네 문제잖아. 바로 치우라고.' 주기적으로 타키는 모든 옷장과 찬장을 뒤지며 쥐 색출에 나서지요. 한 마리도 못 찾기는 하지만 그게 자기 할 일이라는 점은 알고 있는 거죠.

(1948년 9월 23일)

왜 표지에
작가 사진을 싣는 걸
그만두지 못할까

제임스 샌도에게.

나는 항상 왜 그런지 잘못된 책들을 좋아하죠. 그리고 잘못된 사진들을. 그리고 잘못된 사람들도. 나한테는 안 좋은 습관이 있는데 책을 읽을 때, 이 책이 정말 읽고 싶은 책인지, 독서가 고대되는지를 확인할 만큼만 읽고는 다른 책 두어 가지를 더 시작할 때까지 미뤄둬요. 그러다가 지루하고 우울해질 때, 주로 그런 기분을 느끼는 한밤중에, 말할 사람도 없고 들어 줄 사람도 없다는 그 끔찍하고 텅 빈 느낌이 아니라 읽을거리가 있다는 사실을 떠올리죠. 그럴 때가 너무 잦은 편이긴 하지만.

바보 같은 출판사 사람들은 왜 표지에 작가 사진을 싣는 걸 그만두지 못할까요? 완벽하게 훌륭한 책을 사서 좋아하려는 마음을 먹고 읽는데 작가의 사진을 힐끗 보게 된단 말이죠. (사진으로 보자면) 그는 정말로 바보인 게 분명한 데다, 끔찍하게 혐오스러운 인간이라 더 이상 그 빌어먹을 책을 읽을 수가 없게 됩니다. 그 사람 자체는 아마 지극히 괜찮은 사람일 테지만, 나한테 그 사람은 그 사진이죠. 천박한 타이를 삐딱하게 매고, 책상 가장자리에 앉아 발을 의자에 올려 놓은 채(항상 책상에 앉더군요, 더 잘 생각해 보지) 정말이지 자연스럽다는 듯 자세를 잡은 사진 말입니다. 나는 지금까지 그런 사진들을 일상적으로 겪어 왔어요. 그게 어떤 영향을 미치는지 제대로 알고 있지요.

(1949년 10월 14일)

◆ 챈들러는 또 다른 편지에서 "책 표지에 사진을 싣는 게 이 나라의 관습이긴 하지만 작가들은 대개 정말로 끔찍한 외모들을 하고 있어서, 그 얼굴을 보면 그 작가들을 좋아하려고 하는 어떤 마음 같은 게 사라져 버릴 겁니다"라고 쓰기도 했다(1942.7.16.).

나란
사람은

제이미 해밀턴에게.

나는 하드보일드 작가로 간주되긴 하지만, 그건 아무 의미도 없어요. 하드보일드는 그저 생각을 형상화하는 하나의 방법일 뿐이죠. 나 개인은 예민하고 소심하기까지 합니다. 때로는 극히 신랄하고 호전적이고, 또 어떤 때는 굉장히 감성적이죠. 쉽게 질리는 편이라 사교적인 사람은 못 되고요. 그리고 사람이든 사물이든 평균적인 것들은 그다지 좋아 보이지 않아요. 나는 정기적으로 일하지 않는 간헐적 노동자로, 다시 말해 내킬 때만 글을 씁니다. 내킬 때는 글쓰기가 얼마나 쉽게 느껴지는지, 그리고 그런 후에는 얼마나 지치는지 매번 놀라곤 하죠. 추리소설가로서 나는 스스로 좀 이례적이라고 생각해요. 미국파派 추리소설가들은 대다수가 제대로 읽고 쓰질 못하는데, 나는 제대로 읽고 쓸 줄 알 뿐만 아니라 지적이기까지 하죠. 지적이라는 말 자체는 싫어하지만. 고전적 교육은 하드보일드 특유의 언어로 소설을 쓰는 데는 오히려 좋지 않은 기반인 것 같아 보여요. 달리 생각하게 되기는 했죠. 최근 유행하는 소설들에는 자만심이 너무 넘쳐 나지만, 고전적인 교육은 자만심에 속지 않게 해 줍니다. 이 나라에서는 추리소설가가 추리소설가라는 이유만으로, 이를테면 사회적인 의미 같은 헛소리를 써 대는 작가보다 하등하다고 경시되지요. 아무리 한물갔다고 해도 고전주의자라면, 그런 태도는 그저 벼락부자의 불안감 정도로 여길 뿐입니다. 사람들은 가끔씩 나한테 왜 진지한 소설을 시도하지 않느냐고 묻는데, 그런 사람들과 논쟁을 하지는 않습니다. 심지어는 진지한 소설이라는 게 어떤 뜻인지도 묻지 않아요. 소용이 없는 질문일 테니까요. 그들이 알 리가 없죠. 그저 멋모르고 하는 말일 뿐이니까.

위에 쓴 글을 다시 읽어 보니, 여기저기서 다소 거만한 어조가 느껴지는 것 같군요. 전체적으로 그다지 호감이 가지 않을까 봐 걱정스럽지만, 불행히도 사실이죠. 맞는 말이고. 나란 사람은 사실, 여러 가지 면에서 다소 거만한 사람이니까요.

(1950년 11월 10일)

나에게
텔레비전이란

찰스 모튼에게.

텔레비전은 정말 우리가 평생 동안 기다려 왔던 물건입니다. 영화를 보러 가려면 어느 정도 노력을 들여야 했죠. 누군가가 아이들과 집에 머물러야 했고, 차고에서 차를 빼 와야 했어요. 그건 고된 일이었죠. 그런 데다 차를 몰고 가서 주차도 해야 했고, 때로는 극장까지 한참 걷기도 해야 했고요. 그러고는 머리가 큰 사람들이 앞에 앉기라도 하면 초조해지고…….

라디오가 훨씬 나았어요. 하지만 라디오에는 볼거리가 없었죠. 그래서 방 안으로 정처 없이 시선을 돌리다가 생각하고 싶지 않았던 일들이 떠오를 수도 있었고. 그저 소리만 듣고 어떤 일이 벌어지는지 그림을 그리기 위해서는 상상력도 좀 발휘해야 했지요. 하지만 텔레비전은 완벽해요. 채널 손잡이를 좀 돌리고 뒤로 기대앉으면 모든 생각이 빠져나가죠. 그리고 거기서, 태고의 진흙 바닥에서 보글대는 거품을 보는 겁니다. 집중할 필요도 없어요. 반응할 필요도 없고. 기억할 필요도 없죠. 뇌를 아쉬워할 필요도 없어요, 쓸 일이 없으니까. 당신의 심장과 간과 폐는 여전히 정상적으로 기능하죠. 그 부분만 제외하면 전부 평화롭고 조용할 거예요. 빈자貧者의 열반에 있는 거죠. 그러다 어떤 고약한 심보를 가진 사람이 와서는 당신보고 쓰레기통에 붙은 파리 같다고 해도, 아무렴 어떻습니까. 도대체 화를 낼 필요가 뭐가 있겠어요? 당신은 광고 회사들이 음란물을 만들고 그걸 받아들이는 저능아를 양산했다고 생각합니까? 나에게 텔레비전이란 매끈한 십 달러 지폐 말고는 딱히 기준이랄 게 없는 우리 문명의 중요한 부분을 구성하는 또 하나의 측면에 불과합니다.

(1950년 11월 22일)

어차피
죽어야
한다면

H. N. 스완슨과 에드거 카터[1]에게.

우리 아름다운 검은 고양이를 어제 아침에 보내야 했습니다. 마음이 굉장히 아팠지요. 우리 고양이도 거의 스무 살이나 먹기는 했으니. 물론 이런 날이 올 줄은 알았지만, 우리는 타키가 좀 더 힘을 내주기를 바랐죠. 하지만 타키가 너무 약해져서 서지도 못하고 실질적으로 먹지도 않게 되었을 때는, 더 이상 할 수 있는 일이 없었어요. 요즘은 아주 괜찮은 방법을 쓰더군요. 그 사람들이 고양이의 앞다리 정맥에 넴뷰탈[2]을 주사하자 그대로 그

1 챈들러의 할리우드 에이전트와 그 비서.

2 마취용 진정제.

동물은 그 자리에서 떠났지요. 이 초 만에 잠들었어요. 그런 다음 몇 분 뒤에, 그저 확인하는 차원에서 심장에 직접 약물을 주사하더군요. 사람한테도 그렇게 하지 못한다는 게 안타깝습니다. 어머니가 모르핀을 맞은 상태에서 돌아가실 때까지 지켜봤는데 거의 열 시간이나 걸렸죠. 물론 어머니는 완전히 의식이 없는 상태였지만, 그 시간이 이 초라면 얼마나 좋았을까요. 어차피 죽어야만 한다면.

(1950년 12월 15일)

나의
주부 생활

주아니타 메시크[1]에게.

우리는 한동안 오후의 차는 거르려고 합니다. 이미 쌓여 있는
일과에 하나를 더할 뿐이니까요. 아내의 상태가 좋아질 때까지
는 내가 요리를 거의 전담해야 할 것 같습니다.

나는 즉석요리는 상당히 잘합니다. 스테이크나 갈비 요리, 채
소 요리 같은 건 식당보다 더 잘할 수 있지요. 하지만 고된 일이
라는 데는 의심의 여지가 없어요. 나는 아침 여덟시에 일어납니
다. 2인분 식사를 마련하고 치우면 열시쯤 되지요. 오후 한시까
지는 글을 좀 써 보려고 하고. 그런 다음엔 장을 보러 시내에 나

---

1 당시 챈들러의 비서.

가야 하는데, 낮에는 일을 잘 못하니까 그건 전혀 문제가 되지 않아요. 학생이었을 때에도 오후에는 항상 죽어 있었죠. 그러고 나서 돌아오면, 집에 들어서자마자 그 망할 차 마실 시간이 되어 버리는 거예요.

다섯시가 되면 부엌에서 분주하게 움직여야 합니다. 저녁을 먹은 다음에는 설거지를 해야 하고. 저녁 설거지는 놔둘까 싶은 적도 있지만. 식기 세척기에 넣어 둔다든가 하는 식으로. 하지만 식기는 넣어 둔 채 뒷정리를 하고 스토브와 싱크대와 식기 건조대를 닦으나, 거기에 설거지까지 다 하나 힘들기는 마찬가집니다.

(1951년 4월)

취미는
코끼리
수집

에드거 카터[1]에게.

그래요. 나는 내 책에 나온 인물들 그대로입니다. 아주 거친 사람으로, 맨손으로 비엔나 롤[2]을 부러뜨릴 수 있다고 알려져 있죠. 그리고 굉장히 잘생겼고, 건장한 체격을 가졌으며, 정기적으로 매주 월요일 아침마다 셔츠를 갈아입습니다. 휴식을 취할 때는 멀홀랜드 드라이브에 있는 프랑스 전원풍 대저택에서 머뭅니다. 방이 마흔여덟 개 있고 욕실이 쉰아홉 개 딸린 정말

---

1 영국 잡지 《픽처 포스트Picture Post》에서 할리우드 에이전트인 카터에게 챈들러에 대해 묻는 편지를 보냈고, 챈들러는 그에 대해 카터에게 이러한 편지를 보냈다.

2 겉이 단단한 롤빵.

작은 집이죠. 나는 황금 접시를 이용해 식사를 하고, 발가벗은 무희들이 시중드는 걸 좋아합니다. 하지만 물론 때로는 수염을 기른 채 번화가에 있는 싸구려 여관에 몸을 숨겨야 할 때도 있고, 내가 요청한 건 아니지만 구치소에 있는 취객용 유치장으로 초대받을 때도 있죠.

나한테는 각양각색의 친구들이 있습니다. 몇몇은 고등 교육을 받았고 몇몇은 대릴 자누크[3]처럼 말을 하죠. 내 책상에는 전화기가 열네 대 놓여 있고 뉴욕, 런던, 파리, 로마, 산타로사에 직통으로 연결됩니다. 내 서류 정리함을 열면 아주 편리한 휴대용 바가 되는데, 맨 아래 칸에는 해리 콘[4]이라는 이름의 난쟁이 바텐더가 살고 있답니다. 나는 골초이고 내키는 대로 담배, 마리화나, 옥수수수염, 말린 찻잎 따위를 피웁니다. 나는 조사를 상당히 많이 하는 편이고 특히 키 큰 금발이 사는 아파트에 관심이 많습니다. 나는 다양한 방법들로 소재를 얻지만, 내가 가장 좋아하는 수단은 퇴근 시간 이후에 다른 작가들의 책상을 뒤지는

3　대릴 자누크(Daryl Zanuk)는 20세기 폭스를 일군 거물 영화 제작자. 아카데미 공로상을 받기도 했다. 다만, 무려 열여섯 살 때 군대에 합류하여 제대 후에도 '고등 교육'을 받은 기록은 없다.

4　컬럼비아 픽쳐스의 제작 책임자.

거지요. 나는 서른여덟 살이고 지난 이십 년간 같은 나이였습니다. 그다지 스스로를 명사수라고 여기지는 않지만, 젖은 수건을 들면 꽤나 위험한 남자가 되지요. 하지만 대체로 내가 가장 좋아하는 무기는 이십 달러짜리 지폐입니다. 남는 시간에는 코끼리를 수집하죠.

(1951년 2월 5일)

잃어버린
아름다움

레너드 러셀[1]에게.

당신이 12월 15일에 보낸 편지가 이제야 도착했습니다. 크리스마스 무렵이면 늘 이렇지요. 그간 많은 동정과 위로와 편지들을 받았지만 당신의 편지는, 계속되고 있는 상대적으로 쓸모없는 삶을 위로하기보다 잃어버린 아름다움을 말한다는 점에서 특별했습니다. 그녀는 당신이 말한 모든 것이며 그 이상이었습니다. 그녀는 삼십 년 동안 내 심장박동이었어요. 소리의 가장자리에서 희미하게 들려오는 음악이었지요. 정말로 아내에게 보여줄 만한 가치가 있거나, 아내에게 헌정할 수 있는 작품을 쓰지

---

1 런던 《선데이 타임스Sunday Times》의 편집자.

못했던 것이 나의 가장 큰 후회이자 이제는 해 봤자 소용없는 후회로 남게 되었습니다. 그런 책을 쓰려고 했죠. 생각은 했지만, 쓰지는 않았어요. 어쩌면 쓸 수 없었는지도 모르겠습니다.

아내는 힘들게 갔습니다. 그녀의 몸은 수많은 전투에서 싸웠는데, 우리 같은 사람 대부분은 그중 하나만 겪어도 버티지 못했을 정도였죠. 아내가 병원을 싫어해서, 나는 아내를 병원에서 두 번 집으로 데려와 자기 방, 자기 침대에 눕히고 간호사를 24시간 붙여 두었지요. 하지만 다시 병원으로 보내야만 했어요. 아내는 아마 그 일로 나를 용서하지 않았을 겁니다. 하지만 마지막에 내가 그녀의 눈을 감겼을 때, 그녀는 아주 젊어 보였습니다. 아마도 지금쯤은 그녀도 알고 있겠죠. 내가 애썼다는 사실을, 그녀를 몇 번만 더 웃음 짓게 할 수 있다면, 내 하찮은 문학적 경력을 몇 년 희생하는 것쯤은 그저 치러야 할 작은 대가로 여겼음을 말입니다.

(1954년 12월 29일)

◆ 1954년 12월 12일, 폐 섬유증으로 오랜 투병 생활을 해 온 시시 챈들러가 사망했다. 이 편지와 다음에 이어지는 편지는 챈들러를 위로하는 편지들에 대한 답장으로, 당시의 상황과 챈들러의 심정이 생생하게 드러나 있다.

기나긴
이별

제이미 해밀턴에게.

더 이상 나한테 책을 보내지 마세요. 창고에 쌓일 뿐이니까요. 집은 팔았습니다. 3월 15일이나 그 전에 여기서 나갈 겁니다. 언제쯤 런던에 도착하게 될지 알게 되는 대로 연락하지요. 당신 편지를 보니 당분간 당신 집에 함께 머물렀으면 하는 것 같더군요. 고마운 말이지만 나는 혼자 있는 편이 나을 것 같습니다. 당신의 도움을 받아 숙식을 제공하는 거처를 찾을 때까지 호텔에 있겠습니다. 누구에게도 짐이나 골칫덩이가 되고 싶지 않아요. 나는 상당히 심하게 망가진 상태이고, 이 상태가 오랫동안 지속될 것 같아요. 내 감정은 피상적이지 않으니까요.

우리가 런던에 있었을 때, 시시의 건강 상태가 꽤 좋지 않았다는 점을 아마 당신도 알아차렸을 겁니다. 런던에서 돌아왔을 때는 지난 두어 해 중에 가장 좋아 보였지만 오래가지는 못했지요. 아내는 점점 더 약해지고 나날이 지쳐갔어요. 폐 섬유증이라고, 잘 알려지지 않은 약간 희귀한 병에 걸렸다는 진단을 받았죠. 폐의 조직이 굳어지는 병인데, 아래쪽부터 시작해서 서서히 위쪽으로 진행됩니다. 1948년에 엑스레이 사진을 찍었을 때 그런 병증이 있다는 걸 알기는 했지만 그 결말이 하나뿐이라는 사실은 꽤 시간이 흐른 뒤에야 알게 되었지요. 그녀가 스스로 희망을 놓았다고 생각하지는 않아요. 마지막 몇 주 동안에는 그랬을지 모르지만, 누구에게도 자신이 희망을 놓았다는 사실을 내색하지 않았습니다.

11월 30일에 시시는 폐렴에 걸려서 구급차를 불러 병원에 데려가야만 했어요. 의사가 라우월피아[1], 즉 아프리카 뱀 뿌리를 시도해 보고 싶어 했지요. 고양 상태를 유발하는 특성이 있는 물질로 어떤 부작용도 없고 무기한 사용할 수 있다고. 그때 그 사람이 말하길, 시시는 여생을 요양소에서 보내야 할 테고, 라우월피아가 그녀를 아주 순종적인 상태로 만들어 주어 그런 일을

---

1 여기서 추출한 레세핀이란 물질이 신경 안정, 혈압 강하 등의 효과를 일으킨다.

감내하게 해 주리라 기대한다더군요. 다음 날 아침 일찍, 시시가 집에 데려가 달라고 전화했지요. 이때는 이미 너무 아프고 아주 약해져서 화장실에 갈 때도 누군가 부축해서 시중을 들어 주어야 했어요. 아주 괴로운 상태였죠. 계속 숨을 몰아쉬고 격렬하게 기침을 했고, 너무나 고통스럽다고 말했습니다. 12월 7일에, 나는 그녀가 죽어 가고 있음을 깨달았습니다. 한밤중에 갑자기 그녀가 잠옷만 입은 채 마치 유령 같은 모습으로 내 방에 나타났어요. 우리는 시시를 다시 침대에 뉘었고 그녀는 다시 한번 일어났지만, 이번에는 간호사가 지켜보고 있었지요. 12월 8일 새벽 세시에 시시의 체온이 너무나 낮아져서 겁에 질린 간호사가 의사에게 전화를 했고 한 번 더 구급차가 와서 그녀를 병원에 데려갔습니다. 시시는 좀처럼 잠들지 못했고, 그녀를 잠들게 하려면 매우 많은 약이 필요하리라 생각해서 시시에게 수면제를 가져다주었죠. 시시는 손수건 귀퉁이로 수면제를 감싼 뒤 간호사가 방에서 나가면 몰래 수면제를 집어 삼키곤 했어요. 그녀는 내내 산소 텐트 안에 있었지만 자꾸 텐트를 밀어내고 내 손을 잡으려 했지요. 어떤 일들에 대해서는 희미하게 잊었지만 또 어떤 일들은 거의 필사적일 정도로 너무나 선명하게 기억했습니다. 한번은 우리가 어디에 사는지, 어느 도시에 사는지 묻고, 어떤 집에 사는지 설명해 달라고 하더군요. 우리 집이 어떻게 생겼는지 잊은 것 같았어요. 그러다 그녀가 고개를 돌렸는지 내가 시야에서 사라지자, 나에 대해 완전히 잊어버린 듯해 보였지요. 내가 시시를 보러 갈 때마다 그녀는 수면제를 받으려고 산소 텐트 가장자리 아래로 손수건을 내밀었습니다. 걱정이 되기 시작해서 의사에게 가서 고백했더니 의사가 말하길, 시시는 어떤 수면제보다 훨씬 강한 약을 맞고 있다고 하더군요. 11일에 만나러 갔을 때는 아무것도 가져가지 않았죠. 시시는 산소 텐트 가장자리 아래로 손수건을 내밀었는데 내가 아무것도 주지 않자, 머리를 돌리더니 말하더군요. "이게 당신이 원하는 방식이에요?" 그날 정오 무렵에 의사가 나에게 전화를 해서는, 마지막일지도 모르니 와서 얘기를 나눠 보라더군요. 내가 갔을 때 의사는 데메롤[2]을 투여하려고 시시의 발에서 정맥을 찾고 있었습니다. 의사는 간신히 그녀를 잠들게 했지만 그날 밤 그녀는 다시 깼습니다. 완전히 깬 것 같았지만, 나를 알아봤는지조차 확신할 수 없었지요. 시시는 내가 거기 있는 동안 다시 잠들었어요. 12월 12일, 그날은 일요일이었는데, 정오가 조금 지났을 때 간호사가 전화하더니 시시가 아주 안 좋아졌다고 말하더군요. 간호사가 할 수 있는

2 진정제.

가장 극단적인 표현이겠죠. 그때는 비니[3]와 비니의 아들이 여기에 있어서, 비니의 아들이 시속 팔십 킬로미터로 차를 몰아 나를 병원에 데려다 주었습니다. 교통 규칙은 전부 무시했는데, 내가 라호야 경찰은 내 친구들이니까 무시하라고 했지요. 병원에 도착하니 이미 산소 텐트는 치워져 있었고 시시는 눈을 반쯤 뜬 채로 누워 있었어요. 이미 죽었던 것 같습니다. 다른 의사가 그녀 가슴에 청진기를 얹고 있더군요. 잠시 뒤에 그가 물러나더니 고개를 끄덕였죠. 나는 시시의 눈을 감기고 키스를 한 다음 물러났습니다.

물론 어떤 면에서 나는 오래전에 그녀에게 작별 인사를 했어요. 사실 지난 이 년간 여러 번 한밤중이면, 그녀를 잃는 것도 시간문제일 뿐임을 떠올리곤 했지요. 하지만 실제로 그런 일을 겪는 것과 생각하는 것은 같은 문제가 아닙니다. 사랑하는 사람에게 마음속으로 작별을 고하는 것은, 실제로 눈을 감기며 다시는 그 눈이 뜨이지 않으리라는 사실을 아는 것과는 전혀 다릅니다. 하지만 나는 그녀가 죽어서 기쁩니다. 이 자존심 강한, 두려움을 모르는 새가 남은 생을 웬 끔찍한 요양원의 어느 방 새장

3 시시의 동생.

에 갇혀서 보내리라는 생각은 너무나 견디기 힘들어서 차마 그 사실을 마주할 수가 없었으니까요. 장례식이 끝날 때까지는 사실 무너지지 않았어요. 충격을 받았기 때문이기도 하고 시시의 여동생도 돌봐야 했으니까요. 나는 시시의 방에서 잠을 잡니다. 처음엔 견디지 못할 거라 생각했는데 그 뒤 이런 생각이 들었죠. 방이 비어 있으면 유령이 나올 테고 그러면 문 앞을 지날 때마다 무서워하게 될 테니까, 남은 방법은 이 방에 들어와서 내 허접쓰레기들로 가득 채워, 나에게 익숙한 너저분한 방으로 보이게 만드는 것뿐이라고. 옳은 결정이었어요.

　삼십 년 하고 열 달, 이틀 동안 그녀는 내 삶의 빛이었고, 내 모든 목표였습니다. 내가 한 일이라고는 그저 그녀가 따뜻하게 손을 녹일 수 있게 불을 지펴 준 것뿐입니다. 할 말은 이게 전부입니다.

(1955년 1월 5일)

어쩔 수 없는
감상주의자

로저 매첼[1]에게.

우울하고 아무리 마셔도 잠이 오지 않을 때는 레코드를 들으며 밤늦게까지 깨어 있습니다. 나의 밤들은 상당히 끔찍해요. 그리고 좀처럼 나아지질 않습니다. 토요일 아침부터 펜실베이니아 출신 독일계 요리사이자 가정부인, 대리석 같은 메이블 여사만 빼고는 혼자 있습니다. 그녀는 여러 면에서 좋은 사람이긴 하지만 그다지 좋은 친구라고 할 수는 없죠. 어쩌면 내가 이 집과 그 모든 기억들에서 벗어난다면 차분하게 글을 좀 쓸 수 있을지도 모르겠습니다. 그러고는 다시 향수에 젖을 테고. 집이 없는

1 영국 출판사 해미시 해밀턴의 임원.

데 집을 그리며 향수병에 빠지는 건 너무 가슴 아픈 일이지요.

　내일은 우리의 서른한 번째 결혼기념일입니다, 아니, 그랬어야 하는 날이죠. 나는 늘 그랬듯이 붉은 장미로 집을 채우고 친구를 초대해서 샴페인을 마실 겁니다. 다 부질없는, 어쩌면 어리석은 일일지도 모르죠. 내 잃어버린 사랑은 완전히 잃어버린 게 되었고, 나는 사후 세계에 대한 믿음 따위는 없으니까요. 하지만 나는 똑같이 할 겁니다. 우리 강한 남자들은, 마음만은 어쩔 수 없는 감상주의자들이니까요.

(1955년 2월 7일)

자살 시도 후에
쓴 편지

로저 매첼에게.

나는 아주 잘 지내고 있습니다. 혹은 바라는 만큼은 잘 지내
는 쪽에 가깝지요. 아무리 생각해도, 내가 정말로 끝내려고 한
건지 아니면 내 무의식이 싸구려 드라마 한 편을 찍었던 건지 모
르겠습니다. 첫 발은 의도치 않게 발사되었습니다. 나는 쏘려고
하지 않았지만 방아쇠가 너무 가벼워서, 거의 건드리지도 않고
손가락을 올려놓았을 뿐인데 발사되어 버렸어요. 총알이 욕실의
타일 벽에 튕겨 천장에 박혔지요. 그렇게 쉽게 내 복부에 박혔을
수도 있었죠. 화약이 아주 부실해 보였어요. 두 번째 쏜 총이 전
혀 발사되지 않는 바람에 그게 사실로 증명되었죠. 탄약은 제조
된 지 오 년쯤 됐는데, 기후가 이렇다 보니 변질된 게 아닌가 싶
어요. 그 시점에서 나는 정신을 잃었습니다.

라호야 사람들과 만나면서 죄책감이나 당혹감을 전혀 느끼지 않는 게 어떤 감정적 결함인지 아닌지 모르겠군요. 여기 사람들은 내게 무슨 일이 있었는지 다 알거든요. 여기 라디오에 나왔죠. 온 사방에서 편지들을 받기도 했습니다. 친절하고 동정적인 편지도 있고, 야단치는 편지도 있고, 어떤 편지는 믿을 수 없을 만큼 터무니없더군요. 경찰들한테 온 편지도 있어요. 현직에 있는 사람도 있고 은퇴한 사람도 있고. 정보 장교 두 명한테도 편지를 받았는데 한 사람은 도쿄에 있고, 한 사람은 리버사이드의 마치필드 기지에 있는 사람이었죠. 또 샌프란시스코의 현역 사립탐정한테 받은 편지도 있습니다. 이 편지들에서 한결같이 말하는 건 두 가지였어요. 첫째, 훨씬 전에 나에게 편지를 써야 했다. 내 책이 사람들에게 어떤 의미인지를 내가 몰랐을 것이기 때문이다. 그리고 둘째, 도대체 무슨 수로 경찰 경력이 없는 작가가 그들을 그렇게 잘 알고 정확하게 그려냈는가. 로스앤젤레스에서 이십삼 년간 경찰로 근무했다는 사람은 사실상 내 소설에 등장한 모든 경찰들에게 실제 인물들의 이름을 다 붙일 수 있다고 하더군요. 그 사람은 내가 실제로 그 모든 사람들을 아는 게 아닌가 싶었대요. 이런 이야기들은 좀 충격적이었습니다. 나는 진짜 경찰관이나 형사가 추리소설을 읽으면 그저 비웃게 되지 않을까 항상 의심스러웠거든요. 누구더라, 아마도 스티븐슨 같은데, 경험이란 크게 봐서 직관의 문제일 뿐이라고 말한 사람이 누구였죠?

내가 알기로 영국에서는, 그리고 뉴욕 주를 비롯한 다른 곳에서는 자살 시도나 혹은 그 비슷하게 보이는 상황은 범죄입니다. 캘리포니아에선 범죄는 아니지만 주립 병원의 관찰 병동을 거쳐야만 하지요. 샌디에이고 신문에 칼럼을 쓰는 친구의 도움 이상의 도움으로, 말을 잘해서 이튿날 오후에 주립 병원에서 나올 수는 있었지만, 개인 요양원으로 옮긴다는 조건이 붙었어요. 그렇게 했습니다. 하지만 거기서 빠져나올 때는 훨씬 더 고생했어요. 개인 요양원에 엿새 동안 갇혀 있자니, 대충 한 약속에 동조되고 있다는 생각이 들더군요. 그 시점에서 나는 퇴원하겠다고 선언했습니다. 반란이죠. 전혀 먹히지 않더군요. 좋소. 나는 말했습니다. 여기 나를 붙잡아 둘 합법적인 근거를 대 보시오. 그런 건 전혀 없었고 의사도 그걸 알았죠. 그래서 결국 내가 원하면 언제든 떠날 수 있지만 사무실에 와서 그에게 직접 말해야 한다고 양보하더군요. 그래서 이렇게 말해 줬죠. 그러겠다, 내게 도움이 될까 싶어서가 아니라, 그렇게 해야 선생이 기록상 더 좋아 보일 것이기 때문이다, 아울러, 선생이 나에게 완전히 솔직하다면, 나도 선생에게 협조할 수 있으리라고.

그렇게 나는 집에 왔고 그 후로는 그 모든 일 관련해서 아무 문제도 없습니다. 그 사람들이 나를 다루기 쉽게 하려고 약을 너무 많이 주사해서 아직도 약간 어지럽긴 하지만요. 정말 놀랍지 않습니까? 우울하고 지치고 비참한 심정으로 그런 곳에 앉아 있는 사람들이, 직장과 가족에 대해 걱정하고 집에 가기를 갈망하면서도, 매일매일 전기충격 요법을 당하고(감히 나한테 그걸 시도하지는 않더군요) 인슐린 쇼크 사이사이 그 모든 비용을 걱정하고 죄수가 된 느낌에 젖으면서도, 일어서서 요양원을 나가 버릴 배짱은 없다니요. 아마도 그런 부분이 그 사람들한테 있는 문제의 일부가 아닐까 싶어요. 그 사람들한테 배짱만 좀 더 있었다면 애초에 그런 장소에 있지도 않겠죠. 하지만 그게 답은 아닐 겁니다. 만일 나한테 배짱이 좀 더 있었다면 이토록 절망과 슬픔에 깊이 잠겨 그런 짓을 저지르는 일도 없었겠지요. 하지만 나 자신이 수많은 정신의학의 헛소리와, 자신에게 힘이 있다고 믿게 하려는 존재하지도 않는 권위를 대하고 있음을 알게 되자, 나는 딱히 그들에게 내가 무엇을 하려는지 말하고 싶다는 생각이 별로 들지 않더군요. 그런데 결국에는 너무나 이상하게도, 요양원 사람들은 내 그런 점을 오히려 좋아하는 것 같았어요. 수간호사는 나에게 키스를 하고는 내가 가장 정중하고 사려 깊고 협조적이며 회복력이 강한 환자였다고 하더군요. 그러면서 내가 어떤 일이든 하려 하게끔 애쓴 의사를 신께서 축복하시길 바란다

나. 나도 내가 뭘 해야 할지 잘 모르겠는데 말입니다.

(1955년 3월 5일)

◆ 시시의 죽음 이후 심각한 우울증에 빠져 다시 술을 마시기 시작한 챈들러는 자살 의도를 거듭 밝힌 끝에 1955년 2월 22일 실제로 자살을 기도했다.

라호야 경찰에 따르면 챈들러는 이전에도 두 번이나, 자살하겠다며 경찰을 위협했다고 한다. 자신의 알코올 중독에 대해서 챈들러는 후에 이렇게 썼다.

"하루에 와인 한 잔으로 시작해서 위스키를 두 병씩 마셨죠. 그런 다음에는 식사를 끊었고. 그래서 술을 끊어야 했지만 금단 증상이 너무 심했어요. 손이 너무 떨려서 물잔을 집을 수도 없었죠. 하루에 열여덟 번씩 토하기도 했어요. 우리 아버지는 알코올 중독이었고 나 역시 그렇게 되지 않을까 평생 두려웠지만, 그래도 아내가 죽기 전까지는 필요하다 싶을 때면 언제든 내 힘으로 끊을 수가 있었지요." (1955.9.17.)

1958년 간염으로 술을 중단했을 때도 "육체적으로는 알코올이 전혀 그립지 않지만 정신적으로, 그리고 영혼 깊숙이 알코올이 그립습니다"라고 썼다(1958.10.14.). 결국 챈들러는 죽을 때까지 술을 끊지 못했다.

그래도
삶은
계속된다

닐 모건[1]에게.

당신이 지금 나를 본다면 알아보지 못할 겁니다. 지독하게 근사해져서 가끔은 스스로 혐오스러울 정도예요. 아직도 잠은 잘 자지 못하고 새벽 네다섯시에 깨어나곤 하죠. 최근에는 고상한 형태의 포르노그래피에 빠져 있는데, 당신도 제법 흥미를 느끼지 않을까 싶으니 견본으로 두어 개 동봉합니다. 이런 일을 하는 배경에는 중산층 중에서도 상위 계층의 대화를 패러디하려는 동기가 깔려 있음을 알아주기를. 우리와 영국 사람들이 같은 언어를 쓴다는 것보다 더 큰 오해는 없을 겁니다[2].

---

1 라호야의 이웃 친구.

나는 주로 세인트존스 우드와 첼시의 문인들, 예술가들과 어울리는데 그 사람들은 좀 특별난 데가 있어요. 물론 런던내기들도 좀 알지만, 내가 어울리는 사람들한테는 그들만의 표현들이 있어서 통역이 좀 필요하죠. 예를 들어, '나는 그녀를 숭배할 따름입니다'는 '나는 그녀의 등허리에 칼을 꽂고 싶어요, 그녀에게 등허리가 있다면'을 의미하고, '더할 나위 없이 너무나 소중해요'는 '쓰레기가 따로 없군, 하지만 저 여자는 결코 감각이 없었지'라는 뜻이죠. '관심이 있는 편이죠'라는 말은 '빨리 줘 봐요'라는 말이고. '나는 그 사람과 거부할 수 없는 사랑에 빠졌어요'라는 말은 '그 사람은 돈이 많아서 술값을 다 내줄 수 있어요'라는 말이랍니다.

여기는 근사한 봄날이 계속되고 있습니다. 거리엔 키가 일 미터도 넘는 튤립들이 더할 나위 없이 아름답게 피어났고. 큐 가든[3]은 철쭉과 진달래, 아마릴리스 등 온갖 꽃나무들로 초록빛과 갖가지 색채들이 만연한 천국이지요. 캘리포니아의 짙고 칙칙한

---

2 챈들러만 유독 미국과 영국의 언어적 스타일을 구별한 것은 아니다. 이를테면, 애거서 크리스티의 『예고된 살인A Murder Is Announced』에도 마플 양이 "대실 해밋의 작품에서 본 표현인데 나는 미국식 어법에 서툴러서 제대로 표현했는지 모르겠다"고 언급하는 장면이 나온다.

녹색만 보다가 이런 광경을 보면 숨이 막힐 겁니다. 가게들은 아름답게 치장한 데다 멋진 물건들이 가득해요. 분명 해러즈는 세계에서 가장 근사한 백화점일 거예요. 뉴욕이나 로스앤젤레스에 있는 백화점은 견줄 수가 없어요. 런던의 교통 신호 체계는 탁월하고. 한 가지 부족한 게 있다면, 연한 고기죠. 런던에는 고기를 숙성시킬 창고가 없나 봅니다. 콘노트나 사보이, 클라리지 같은 최고급 호텔에서는 먹을 수 있지만, 그 외에 다른 곳에서는 거의 맛볼 수가 없군요.

하지만 이 여자들이라니! 내가 본 여자들의 이가 삐드렁니라고 해도 지금 내 눈엔 보이지가 않아요. 파티에서는 할리우드도 깜짝 놀랄 화려한 여자들도 봤지요. 게다가 그 여자들은 빌어먹게 정직해서 남자가 택시 요금도 못 내게 해요. 미국인들은 대체로 가장 멋진 영국 아가씨나 여인들과는 성공적이지 못해요. 너무 빠르고 거칠게 행동하죠. 소위 '이리 와, 아가씨, 한 번 하자고'란 분위기를 너무 풍기고. 영국 여자들은 그런 건 싫어해요. 숙녀 대접을 받길 기대하죠. 그녀들도 남자가 맘에 들고, 남자가 자신을 존중해 주면 기꺼이 잠자리를 하려 할 거예요. 여자가

3 영국 런던의 왕립식물원.

남자보다 압도적으로 많은 나라[4]에서는 거의 불가피한 일이지요. 다만, 쉽게 보이려 하지 않을 뿐이에요.

(1955년 6월 3일)

---

4 30년에 걸친 두 번의 전쟁으로 유럽에서 남성 인구가 급격히 줄어든 상태였다. 제2차 세계대전에서만 오천만 명에 달하는 인구가 사망했다.

결혼에 대한
몇 가지
충고

닐 모건에게.

에스키모는 굶주리고 북극곰은 벙어리장갑에 덧신으로 무장하고도 여전히 만족하지 못하는(북극곰이 누군들 좋아하는 모습을 본 사람이 있을까요?) 지역으로 떠나기 전날입니다. 당신은 사랑스러운 아가씨와의 결혼에 뛰어들기 하루 전날이군요(뛰어든다는 말이 내가 원했던 단어인지는 잘 모르겠지만). 당신에게 마테를링크[1]의 당나귀가 들을 법한 마법을 빌어 주건대, 장미가 피어나고, 잔디는 자라나고, 내일 모레는 다가오리라. 새

---

1 벨기에 시인, 극작가. 『파랑새 L'oiseau Bleu』의 저자로, 1911년 노벨 문학상을 받았다.

들이 꿈꿀 법한 마법 또한 비나니, 비 온 뒤 아침에 사랑을 나누는 벌레 한 쌍을 발견하는 것 같은 일이 벌어지기를. 또한 당신에게 지혜가 있기를 비나니, (여기서 조금 냉정해지자면) 결혼이란 '저절로 되는 것'이 아니라 스스로 만들어 가야만 하는 것임을 알기를. 결혼 생활에는 언제나 훈련이 필요함을 알기를. 신혼 생활이 아무리 완벽해도, 언제든 그런 때가 올 것이니, 아내가 계단에서 굴러 다리가 부러졌으면 좋겠다고 바랄 날이 올 것임을 알기를. 아내도 마찬가지고. 하지만 시간만 준다면 그런 감정도 지나가는 법. 여기 그럴듯한 조언이 몇 있어요. 나를 믿어요.

1. 아내의 고삐를 단단히 잡을 것. 절대 아내가 당신 고삐를 잡았다고 생각하게 하지 말 것.
2. 커피가 형편없어도 절대 말하지 말 것. 그냥 바닥에 쏟아 버릴 것.
3. 아내가 일 년에 한 번 이상 가구 배치를 바꾸게 하지 말 것.
4. 공동명의 계좌는 절대 트지 말 것. 아내도 돈을 넣으면 몰라도.
5. 다툼이 있을 때는, 잘못은 항상 당신에게 있음을 명심할 것.

6. 아내가 골동품 가게에 접근하지 못하게 할 것.

7. 절대 아내의 친구를 과하게 칭찬하지 말 것.

8. 무엇보다도 결혼은 신문과 어떤 면에서 아주 비슷하다는 점을 잊지 말 것. 망할 것이 매년, 매일 새로이 만들어야만 함.

(1955년 11월 18일)

내 글쓰기
혹은
글 안 쓰기의
문제

제시카 틴들[1]에게.

내가 마리화나라도 피운 것 같다면, 오늘 오후에 치아를 하나 빼서 아직도 좀 멍하기 때문입니다. 통증은 전혀 없지만 열이 느껴지기 시작하는군요. 그 사람들은 어떻게 그렇게 하는지 모르겠어요. 의사가 보여 주기 전까지는 치아를 뺐는지도 몰랐죠. 나는 그 사람들이 몸을 묶어 놓고 끔찍하게 잡아 빼는 줄 알았는데요. 참, 어금니였답니다.

지금 여기는 해변을 마주한, 가구가 딸려 있지 않은 아파트입

---

1 챈들러의 아내였던 시시 챈들러가 사망한 후 챈들러가 사귀었던 많은 여자 친구들 중의 한 명. 연인이라기보다 순수한 친구로 챈들러 말년에 많은 편지를 주고받았다.

니다. 말 그대로, 가구가 없었죠. 지금은 가구가 빌어먹게도 넘쳐나서, 장애물 경마 선수만이 집처럼 편안하게 느낄 수 있을 거예요. 하지만 이 모든 사랑스러운(지금은 혐오스러운) 가구들, 근사한 전기스토브, 프리지데어 냉장고, 셔츠와 속옷들을 치우지 않아도 되는 상자 몇 개, 아늑한 개인 테라스와 커다란 개인 저장실에도 불구하고, 식기라고는 컵 하나, 받침 하나, 접시 하나인 데다 몽땅 빌려온 것들이죠. 하지만 한 세트의 은제 식기를 갖춘 셈이죠, 그렇고 말고요.

내 글쓰기 혹은 글 안 쓰기의 문제가 무엇인지 이제 알겠습니다. 나는 내 배경에 대한 친밀감을 완전히 잃었어요. 로스앤젤레스는 더 이상 나의 도시가 아니고 라호야는 그저 분위기와 의미 없는 멋 이외는 아무것도 남지 않았습니다. 한 주인가 전에 칵테일 파티에 갔는데 맙소사, 체크무늬 정장 상의를 입은 남자가 있는가 하면 또 다른 남자는 장밋빛 물결무늬 정장 상의를 입고 있더군요. 그리고 오늘은 더치 스미스 가게에서 암갈색 상의를 입은 사람을 봤지요. 이 나라는 호황의 정점을 찍고 있어요. 모든 사람들이 많은 돈을 벌고 있고, 그 모든 사람들이 할부를 갚느라 제 코가 석자인 상황이죠. 도덕 재무장 운동[2]이 주춤할 때는 신께서 그들을 도우시길. 나한테는 더 이상 쓸 거리가 없습니다. 사랑해야만 하는, 혹은 증오해야만 하는, 혹은 그 둘 다

번갈아 해야 하는 장소에 대해 쓴다는 것은 대개는 마치 한 여자를 사랑하는 것 같죠. 하지만 공허함과 지루함이라는 감각은, 그건 치명적이에요. 나는 캘리포니아 남부에 대해 사실적으로 쓴 최초의 작가였지요. 지금은 이 나라 작가들 반이 스모그[3] 속에서 시간을 허비하고 있어요. 이제 나한테 로스앤젤레스는 그저 피곤에 찌든 창녀에 불과합니다.

(1956년 7월 12일)

---

2 미국 목사 프랭크 부크먼이 1938년 주창한 윤리적 세계 평화 운동.

3 1943년부터 로스앤젤레스에 황갈색 스모그가 짙게 드리우기 시작했다. 원인은 자동차 배기가스로, 로스앤젤레스 스모그(LA 스모그)는 교통량이 많은 대도시에서 발생하는 '광화학 스모그'를 일컫는 용어로 정착되었다. 즉, 이 나라 작가들 반이 로스앤젤레스 이야기를 쓰고 있다는 뜻이다.

문제는
단 하나,
외로움

제시카 틴들에게.

패서디나에 있는 라스 엔시나스 요양원에서 막 돌아왔습니다. 아주 멋진 곳이지만 눈이 튀어나오게 비싼 곳이죠. 천사백 달러나 들었어요. 내가 흔들의자에서 떨어졌는데 그걸 몰랐던 건 아닌지 확인해 봐야 했지요. 그래도 라스 엔시나스는 가 볼만한 곳이더군요. 거기 있는 정신과 의사는 지적인 사람이 정말로 존경할 수 있는 사람이었어요. 그 요양원은 온갖 사람들을 돌봅니다. 노망난 노인들(물론 돈 많은), 치료 불가능한 알코올 중독자, 약에 취한 사람들, 특별히 잠금장치가 된 방갈로에 있어야 하는 정신병 환자 몇 명, 우울증 환자 등등. 아름다운 곳이에요. 세심하게 조경했고, 그 방갈로들 하며, 게다가 그 공기는 완전히 할 말을 잃게 하지요. 의사들은 아주 주의 깊고 음식은 훌륭

합니다. 요양원 사람들은 내가 먹기 시작할 때까지 며칠 동안 나를 반쯤 몽롱한 상태로 두었지요. 그러다 신이시여, 내가 어떻게나 먹었는지. 내 평생 가장 훌륭한 음식이었죠. 그런 다음 통상적이고 지루한 검사들을 하고, 그러고 나서 내 문제를 해결하려 애쓰더군요. 나는 아주 솔직하게 사실대로 얘기했어요. 나는 아주 오래, 아주 행복하게 결혼 생활을 했고, 내 아내의 죽음이라는 장기간에 걸친 고문을 겪은 뒤 처음에는 다른 여자를 바라보는 것조차 배신인 것 같았다, 그러다 갑자기 모든 여자와 사랑에 빠진 것만 같았다고.

요양원 사람들은 통각 검사를 하고, 로르샤흐 검사[1]를 하고, 블록 디자인 검사[2]를 했지요. 결과가 어땠는지는 아직 모르겠지만 그림 그리기 빼고 나머지는 상당히 훌륭했던 것 같아요. 나는 원래 그림을 잘 못 그렸죠. 학교 때 미술 선생한테 배웠을 때조차 그랬어요.

마침내 원장이란 사람이 말하더군요. "당신은 스스로 우울하

---

1 형태가 없는 그림에 대한 환자의 해석을 통해, 환자의 심리 상태를 분석하는 검사.

2 시간 내 블록을 맞춰, 공간 지각 능력과 순발력 등을 확인하는 검사.

다고 생각하지만, 당신이 틀렸습니다. 당신은 전적으로 원만한 사람이고, 정신분석이니 그 비슷한 것들로 그런 상태에 지장을 줄 생각은 꿈에도 없어요. 당신한테 문제가 되는 건 단 하나, 외로움입니다. 당신은 혼자 살 수 없고 혼자 살아서도 안 돼요. 혼자 살게 되면 불가피하게 술을 마실 테고, 그 술이 당신을 병들게 할 겁니다. 당신이 한 여자랑 살든 스무 명이랑 살든 나는 전혀 관심 없습니다. 그저 누군가랑 살기만 한다면. 그게 내 절대적인 소견입니다."

나는 그 사람이 지독하게 똑똑하다고 생각해요. 그토록 부드럽게 나를 찢어 놓다니. 그렇게까지 꿰뚫어보리라 기대하지는 않았는데 말입니다.

(1956년 8월 20일)

여자를
사랑하는
법

데어드리 가트렐[1]에게.

나는 항상 그녀를 위해 차 문을 열어 주고, 차에 타도록 도왔
지요. 한 번도 그녀에게 무얼 가져오라고 한 적이 없어요. 항상
내가 가져다주었죠. 나는 한 번도 그녀보다 먼저 문을 나서거나
안으로 들어간 적이 없어요. 노크 없이 그녀의 침실에 들어간 적
도 없고. 이런 일들은 다 사소한 일들이라고 생각해요. 꽃을 계
속 보내거나, 그녀의 생일엔 항상 일곱 가지 다른 선물들을 준
비하고, 기념일에는 항상 샴페인을 마시는 것처럼. 그런 것들은
한편으론 작은 일이지만, 여자란 아주 부드럽고 사려 깊게 대해
야만 하지요. 왜냐하면 여자니까요.   (1957년 3월 20일)

---

1 오스트레일리아에 사는 팬.

다시,
사랑

제시카 틴들에게.

나의 귀엽고 사랑스러운 제시카.

이런 과장을 부디 용서해 줘요. 하지만 그 망할 책을 끝낸 후로 약간 제정신이 아닌 느낌이에요. 내일은 내 원고 담당자가 최종본 작업을 할 겁니다. 당신도 알겠지만, 헬가가 아니었다면 그 빌어먹을 책을 끝내지 못했을 거예요. 그녀는 자기 안에 있는 어떤 묘한 자질로 내 마음과 야망을 북돋아 주지요. 지구를 정복하고 싶게 만들 정도로. 물론 지구를 정복할 수야 없겠지만, 무언가를 원한다는 자체가 과거 몇 년 사이 내 태만한 태도와는 아주 많이 다르지요. 세상에는 상냥하고 사랑스러운 여성들이 많고 당신은 그중에서도 가장 상냥하고 가장 사랑스러운 사람이지만, 헬가와 나 사이에는 뭐랄까 일종의 화학 작용 같은 게 있어서 나에게 세찬 충동을 불러일으킵니다. 헬가가 곁에 있으면, 나는 무엇이든 쓸 수 있을 것같이 느껴져요. 이 조금 차가운, 냉담하기까지 한 여성과 나 사이에 도대체 무슨 일이 벌어진 걸까요? 뭔가 아주 이상한 게 분명합니다. 왜인지 모르겠지만, 그녀는 그저 말하고 행동하는 방식만으로도, 그녀만의 단순함과 대담함과 날카로움으로 나에게 영감을 줍니다.

(1958년 2월 3일)

◆ 그 망할 책이란 『플레이 백Play Back』으로 원래는 챈들러가 시나리오로 썼으나 영화화되지 않았고 챈들러가 시나리오를 소설로 고쳐서 1958년에 출간되었다. 챈들러는 이 책에 대해서 헬가 그린에게 이렇게 썼다. "아직 그 책은 손대지 못했지만, 영국에 갈 무렵엔 끝낼 겁니다. 어렵진 않아요. 다만, 내가 그런 글에 흥미를 잃지 않았나 싶을 뿐이지요. 나는 미스터리 소설 분야에서 내 몫은 다 했어요. 비록 다는 아니지만 많은 작가들이 내가 낡아빠진 수단을 그럭저럭 재창조했다고 인정해 주고 있죠. 그리고 내가 아니었다면 그런 수단이 존재하기 어려웠으리라는 사실도." (1957.1.31.)

◆ 1959년, 챈들러는 헬가에게 청혼했으며 헬가는 이를 받아들였지만, 헬가가 영국으로 잠시 건너간 사이 다시 술을 마시기 시작한 챈들러는 같은 해 3월 폐렴 증세로 병원에 입원했고 삼 일 뒤에 숨겼다. 헬가 그린은 챈들러의 비서와 소송 끝에 챈들러의 유산을 상속받기도 했다.

나의
죽음에
대하여

　추신[1]. 라이트[2]가 한 가지 사항을 포함시키지 않았더군요. 나도 동봉한 편지에서 언급하는 걸 잊었는데, 여기서 해야겠습니다. 뭔가 하면, 내 장례는 영국 성공회나 미국 성공회식으로 치러 주기를 바랍니다. 어디에서 죽느냐에 따라 다르겠죠. 화장을 해 주면 좋겠고 내 눈은 각막 은행으로 보내 줘요. 그쪽에서 원한다면. 듣기로 쓸모가 있으려면 사후 삼십 분 내에 안구를 적출해서 즉시 냉장 처리해야 한다던데, 나와 어떤 조직, 이를테면 안과 병원 같은 곳 사이에 법적으로 적절한 절차가 시행되어야

1　이 글은 챈들러가 죽기 이 년 전 변호사에게 보낸 편지에 덧붙인 글이다.

2　라호야에서 챈들러의 유언 작성을 도왔던 인물.

하는 것 같습니다. 부검이나 방부처리(이 나라에서는 이 부분에 강박적이지요)를 제외하고 사체를 훼손하는 것은 불법이니, 적절한 문서로 내게 이런 권리가 주어져야 할 겁니다.

장례식에 대해서 내가 할 말이 있다면, 교회 이외의 장소에서는 하지 않겠다는 겁니다. 그리고 고인에 대한 공식적인 서비스 외에는 아무것도 하지 말아 주길 바랍니다. 시詩도 안 되고, 연설도 안 되고, 그 망할 장례식장이나 영안실에 길든 사람도 안 됩니다. 내가 세례를 받았다는 사실은 어머니를 통해서 들었습니다만, 어디서 세례를 받았는지는 모르겠습니다. 하지만 영국 성공회에서 우스터 주교에게 견진 세례를 받았고 젊은 시절에는 아주 독실했지요.

내 아내는 미국 성공회 교회에서 장례를 치렀지요. 비록 우리 둘 다 이전에 들어가 본 적은 없었지만. 목사가 내 친구긴 했는데, 그게 이유라고 생각하지는 않습니다. 누구나 그럴 자격이 있다고 생각합니다.

R.

작가 무라카미 하루키는 여러 차례에 걸쳐 자신이 미국 하드보일드 소설가들의 영향을 받았음을 고백한 바 있습니다. 여기서 하드보일드란 헤밍웨이, 대실 해밋, 레이먼드 챈들러가 확립한 '스타일'로, 불필요한 묘사나 감정을 배제한 문체를 바탕으로 주인공(독자)의 시점을 1인칭으로 제한하여 사건을 전개해 나가는 구조를 가진다는 특징이 있지요. 하루키의 소설에서도 자주 볼 수 있는 스타일입니다. 하루키는 고교 시절 챈들러의 『기나긴 이별』을 처음 읽고 그 "문체의 '비범함'에 그야말로 기겁하고 말았다"고 합니다. 이후로 시간이 날 때마다 챈들러의 소설을 기분이 내키는 대로 아무 장이나 펼쳐 읽는 것이 취미 비슷하게 되었다더군요. 훗날 그는 챈들러가 쓴 여러 권의 소설을 직접 번역하며 이렇게 적었습니다. "챈들러의 문장은 모든 의미에서 지극히 개인적이고 독창적이며 그 누구도 흉내 낼 수 없는 종류의 것이었다. 챈들러 생전에도 사후에도 그의 문체를 흉내 내려는 시도는 수없이 있었지만, 대체로 성공하지는 못했다."(『잡문집』, 272쪽~273쪽)

챈들러의 문체를 흉내 내려는 시도가 '대체로' 성공하지 못했다는 것은 누군가는 성공했다는 뜻일 텐데, 제가 보기에 그중 한 명이 바로 무라카미 하루키가 아닌가 싶습니다. 그렇다고 흉내를 냈다고까지 표현하긴 좀 그렇지만, 그는 챈들러의 소설을 좋아했고 자연스럽게 영향을 받았으며 오랜 시간을 들여 챈들러가 구사한 "문체의 핵심"을 파악하기 위해 노력했습니다. 의도적으로 공부를 했다기보다 챈들러가 쓴 문장과 자주 마주하는 과정에서 여러 가지 생각을 했겠지요. 아마도 소설뿐 아니라 챈들러가 쓴 에세이나 편지 등도 빠짐없이 훑어보았으리라 짐작합니다. 왜 이런 짐작을 했냐면, 하루키의 에세이에는, 본인이 챈들러의 논픽션을 읽다가 떠오른 영감에 대해 적은 구절이 심심찮게 등장하기 때문입니다. 이를테면 다음과 같은 문장이 그렇습니다.

"아주 오래전에 어떤 책에서 레이먼드 챈들러의 소설 쓰는 비결에 관한 글을 읽은 적이 있다. 당시에는 내용을 정확하게 기억하고 있었는데 상당히 오래전 일이라 대부분 잊어버렸다. 꽤 흥미로운 내용이었던 것 같아 다시 한번 읽어 보고 싶은데 출처가 어디였는지 도통 생각나지 않는다. 이런 일은 흔하다. 좋았다는 기억은 있는데, 어떻게 좋았는지는 정확히 기억나지 않는. 하지만 그 글에서 딱 한 부분 지금도 기억하는 것이 있다. 하기야 이 것도 내가 그렇게 기억하고 있을 뿐 세세한 부분이 정확할지는 자신이 없다. 만약 잘못된 부분이 있다면 죄송합니다. 그러나 내가 그렇게 기억하고 그렇게 기억하는 내가 존재하고 있으니, 그 기억 또한 엄연하게 존재하는 셈이다. 뭐 어쩔 수 없지 않나 생각한다. 아무튼 나는 그것을 챈들러 방식이라고 부른다. 우선은 책상 하나를 딱 정하라고 챈들러는 말한다(하략)." (『쿨하고 와일드한 백일몽』, 41쪽~42쪽)

이 에세이는 대략 원고지 15매 정도의 분량인데 전부 챈들러의 집필 방식이랄까, 일종의 '챈들러 스타일'에 대해 서술하고 있습니다. 오래전에 어느 책에서 챈들러가 이러저러한 말을 했는데 하도 예전의 일이라 그 책이 잘 기억나지 않는다는 식의 서술은 이 외에도 하루키가 쓴 글에서 몇 번 더 읽었던 기억이 납니다. 저는 '챈들러 방식'이라는 제목의 이 에세이를 읽으면서 두 가지가 궁금했습니다. 하나는 레이먼드 챈들러의 원문은 정확히 어떻게 기술되어 있을까. 다른 하나는 하루키가 읽었다는 '어떤 책'은 대관절 어떤 책일까.

그러다가 2011년 무렵 '에스프레소 노벨라' 시리즈의 한 권인 『심플 아트 오브 머더』라는 제목의 에세이를 만들면서 챈들러가 쓴 논픽션들을 이리저리 훑다가 그가 쓴 서간문을 모은 책에서 하루키가 '챈들러 방식'이라고 부른 편지 한 통을 발견합니다. 이 글을 마주하고 있을 당신이 이미 앞에서 읽었을 '챈들러 스타일'이 바로 그것입니다. 아아 하루키가 말한 대로 정말이지 근사한 글이었습니다. 더구나 챈들러가 남긴 편지들을 묶은 책에는 그의 팬이라면 호기심을 가질 만한 내용이, 한 번 더 하루키의 표현을 빌리자면 "설날의 복주머니"처럼 잔뜩 담겨 있었습니다. 그래서 나중에 기회가 되면 이 편지들을 모아서 펴내고 싶다는 생각을 했어요.

그러다가 2013년 가을 즈음에 안현주 선생과 만나게 됩니다. 그는 번역에 뜻을 두고 있었고 챈들러에 관심이 많았습니다. 어느 날 술자리에서 저는 무심코 "챈들러라면 소설도 좋지만 그가 쓴 편지들을 모아서 번역해 보는 것도 재미있을 것 같다"는 말을 했는데, 지금 생각하면 일이 되려고 그랬는지 그 얘기를 흘려듣지 않았던 모양입니다. 그로부터 한두 달쯤 지났을까, 안현주 선생으로부터 메일을 한 통 받았습니다. 기획서를 썼더군요. 챈들러의 편지 가운데 몇 편을 주제에 따라 분류하여 한 권의 책으로 엮어보자는 내용이었습니다. 공연히 추켜세우려는 게 아니라, 그가 보낸 기획서는 제가 지금까지 받은 여러 기획서들 가운데 가장 마음에 들었습니다. 보자마자 출간을 결심할 수 있었어요. 이것이 이 책을 펴내게 된 전말입니다. 혹시 궁금해하실 분들이 있을까 싶어 적어 봤는데 신통치는 않네요. 하지만 챈들러와 하루키의 오랜 팬으로서 만드는 동안 많이 신났고 때때로 짜릿했습니다. 저는 그랬어요.

이런 게 편집자로서의 소소한 기쁨이 아닐까 생각한

김홍민 드림

초판 2쇄 발행 2014년 6월 6일

지은이	레이먼드 챈들러
엮고 옮김	안현주

발행편집인	김홍민 · 최내현
책임편집	안현아
편집	유온누리
마케팅	홍용준
표지디자인	형태와내용사이
용지	한신피앤엘
출력	한국커뮤니케이션(CTP)
인쇄	청아문화사
제본	일광문화사

펴낸곳	도서출판 북스피어
출판등록	2005년 6월 18일 제105-90-91700호
주소	(121-826) 서울특별시 마포구 방울내로 11길 43 101-902
전화	02) 518-0427
팩스	02) 701-0428
홈페이지	www.booksfear.com
전자우편	editor@booksfear.com

ISBN 978-89-98791-17-9 (03840)

책값은 뒤표지에 있습니다.
파본은 구입하신 곳에서 교환해 드립니다.